Rüdiger Bertram

DIE JUNGS VOM SWAP

FLAMMENDES INFERNO

Ein Comicroman mit Bildern
von Heribert Schulmeyer

Oetinger Taschenbuch

Außerdem bei Oetinger Taschenbuch erschienen:

Die Jungs vom S.W.A.P..Operation Deep Water
Pizza Krawalla. Eine unheimliche Bestellung
COOLMAN und ich
COOLMAN und ich. Rette sich, wer kann
COOLMAN und ich. Ganz großes Kino
COOLMAN und ich. Ein Job für alle Fälle
COOLMAN und ich. Bonjour Baguette
COOLMAN und ich. Voll auf die Zwölf
COOLMAN und ich. Auf die harte Tour

MIX
Papier aus verantwortungsvollen Quellen
FSC® C014496
FSC www.fsc.org

1. Auflage 2018

Poppenbütteler Chaussee 53, 22397 Hamburg
Mai 2018

Einband und Comics von Heribert Schulmeyer
Druck: GGP Media GmbH, Karl-Marx-Straße 24,
07381 Pößneck, Deutschland
ISBN 978-3-8415-0515-6

www.oetinger-taschenbuch.de

KAPITEL EINS
EIN SCHUSS FÜR DIE EWIGKEIT

Der Ball segelte durch die Luft, als würde er von einer unsichtbaren Macht auf Händen getragen. Von Tims Turnschuh war er zuerst gegen eine Litfaßsäule geprallt und von dort auf einen vorbeifahrenden Müllwagen zugeflogen. Von der Seitenwand des orangeroten Lasters sprang er gegen die Scheibe eines Schuhgeschäfts, wo er auf dem frisch geputzten Glas einen kreisrunden Abdruck hinterließ, und sauste dann von der leicht vibrierenden Scheibe mit viel Effet auf ein Rennrad zu, das sein Besitzer am Straßenrand abgestellt hatte. Der Ball traf punktgenau den spitzen Sattel, schoss von dort steil in die Höhe, bis er vom Ast einer Kastanie zurück Richtung Bürgersteig gelenkt wurde, die Schulter eines vorbeiskatenden Skaters touchierte und so sanft das Hinterrad eines Kinderwagens berührte, dass das Baby darin einfach weiterschlief. Von dort hüpfte der Ball über die grauen Gehwegplatten auf eine alte Waschmaschine zu, die irgendwer mit geöffneter Klappe als Sperrmüll auf die Straße gestellt hatte, und verschwand mit einem satten **PLOPP** im Inneren der Maschine.

»Hast du das gesehen?! Der Schuss war der blanke Wahnsinn! Alles genau, wie ich es berechnet hatte. Ab heute darfst du mich Messi nennen.« Tim, der seinen Spitznamen *Big Brain* nicht umsonst trug und der diesen Schuss exakt so vorausgeplant hatte, drehte sich zu seinem Freund Bob um, der mit seiner Handykamera hinter ihm stand. »Hast du es drauf?«

»Nein, Messi, hab ich nicht«, antwortete Bob unbeeindruckt.

»Wie nein?!« Tim sah seinen Freund entgeistert an, und nur die Tatsache, dass Bob seinen Spitznamen *Die Faust* ebenfalls völlig zu Recht trug, hinderte Tim daran, sich auf ihn zu stürzen.

Statt einer Antwort deutete Bob mit der Handykamera auf ein schwarzhaariges Mädchen, das vor einer Eisdiele stand und ihnen den Rücken zuwandte.

»Das ist nicht Hoka Hay«, bemerkte Tim, der sofort wusste, an wen Bob das Mädchen erinnert hatte. »Sie trägt keine Ninja-Kleidung.«

»Ich weiß«, brummte Bob. »Aber es hätte doch sein können. Oder?«

»Hätte es nicht«, erwiderte Tim. »Die treibt sich weiß der Teufel wo rum. Außerdem hat sie uns bestimmt längst vergessen.«

Die beiden Jungs hatten Hoka Hay bei ihrem ersten Einsatz für den S.W.A.P. kennengelernt. Der S.W.A.P. war der internationale Geheimdienst der UNO, und dass Bob und Tim dort als Top-Agenten rekrutiert worden waren, war ein riesiges Missverständnis gewesen. Sie hatten versehentlich Thomas Snyder, den besten Mann des S.W.A.P., mit einer explodierenden Dose Ravioli aus dem Verkehr gezogen und waren danach unverzüglich zwangsverpflichtet worden. In der Logik der Geheimdienste musste jemand, der einen Top-Agenten ausschaltete, selbst ein Top-Agent sein – mindestens. In der Welt der Geheimdienste existierten keine Zufälle. Die erste Aufgabe der Jungs war es gewesen, in der Antarktis den skrupellosen Professor Hazweio zu stoppen. Dabei waren sie auch Hoka Hay begegnet, die ihre Auftraggeber wechselte wie andere Leute ihre Unterwäsche. Man wusste nie, auf welcher Seite sie gerade stand.

»Und selbst wenn sie es tatsächlich gewesen wäre ... Du solltest meinen grandiosen Schuss filmen und nicht irgendwelche schwarzhaarigen Mädchen.« Tim war immer noch sauer.

»Dann machst du's halt einfach noch mal, du Messi«, erwiderte Bob abgelenkt, weil sich das Mädchen genau in dem Augenblick zu ihnen umdrehte. Sie hatte weder Hoka Hays mandelförmige Augen, noch trug sie ein Stirnband mit japanischen Schriftzeichen. Sie war es nicht, aber das war auch Bob schon vorher klar gewesen. Hoka Hay hielt sich dort auf, wo die Post abging und die Kacke am Dampfen war. Was sollte ein Mädchen wie Hoka Hay in einem Kaff wie ihrem?

Tim reichte Bob den Ball, der ihn ein paarmal lässig vor sich auf dem Bürgersteig auftitschen ließ.

»Kleinigkeit«, bemerkte Bob und reichte Tim das Handy mit der Kamera. »Ich hoffe nur, du bist schnell genug, um den Ball zu verfolgen. Wenn ich gleich da draufdresche, fliegt der nämlich mit Schallgeschwindigkeit!«

»Lass das mal ruhig meine Sorge sein«, erwiderte Tim und schaltete auf Aufnahme. »Klappe, die erste, für Bobs ultimativen Versuch, sich bis auf die Knochen zu blamieren.«

»Selber Klappe«, knurrte Bob und legte sich den Ball zurecht. Dann nahm er drei Schritte Anlauf, murmelte »No risk, no fun« und zog ab.

Der Ball schoss von der Litfaßsäule frontal gegen die Windschutzscheibe eines vorbeifahrenden Paketwagens, dessen Fahrer vor Schreck in die Auslage eines Obst- und Gemüsegeschäfts steuerte. Während Äpfel, Orangen und Melonen über die Straße kullerten, traf die Kugel das Schaufenster des Schuhgeschäfts, diesmal allerdings exakt in der Mitte, und zwar dort, wo das Glas am zerbrechlichsten war. Die Scheibe zersprang in tausend Scherben, was den zurückspringenden Ball nicht daran hinderte, gegen den Vorderreifen des abgestellten Rennrads zu schießen. Das Rad kippte auf die Straße und wurde von einem Geländewagen platt gefahren. Durch die Wucht wirbelte der Ball in die Höhe und stieß gegen einen morschen Ast der Kastanie, der auf die Straße hinunterkrachte und die Motorhaube eines Cabrios hässlich verformte, zum Glück aber niemanden verletzte. Der Schwerkraft folgend, tropfte der Ball Richtung Erde, prallte gegen die Stirn einer Joggerin und riss ihr dabei die Brille von der Nase, die kurz darauf von deren linken Laufschuhsohle versehentlich geschrottet wurde. Von der Stirn flog der Ball in hohem Bogen auf das Verdeck des Kinderwagens. Das schlafende Baby erwachte und fing sofort an zu brüllen. Seine wütende Mutter versetzte dem Ball einen letzten Stoß, der ihn wie von unsichtbaren Kräften getragen in der Heckklappe des auf der gegenüberliegenden Straße parkenden Müllwagens versenkte.

SCHEPPER!!!

»💣🌀⚡☠≋#🗡!«, fluchte Tim.

»Wieso 💣🌀⚡☠≋#🗡? Ich hab doch getroffen. Genau ins Schwarze!« Bob grinste zufrieden, ohne sich weiter um das Chaos um sie herum zu kümmern. »Du darfst mich ab heute Ronaldo nennen! Hast du's gefilmt?«

»Hab ich, aber ich würde dich lieber Bolt nennen«, erwiderte Tim und ließ das Handy sinken.

»Warum?«

»Weil der jamaikanische Sprinter Usain Bolt Weltmeister über 100 Meter ist und wir ein bisschen von seinem Tempo jetzt gut gebrauchen könnten.« Tim zeigte auf die Menschenmenge, die auf sie zukam und nicht so aussah, als wollte sie Bob und Tim für ihre Jahrhundertschüsse auf die Schultern nehmen und jubelnd durch die Straße tragen.

»Vielleicht wollen die ja nur Autogramme von uns. Vielleicht sind das einfach nur Fans«, meinte Bob.

»Das halte ich für eher unwahrscheinlich. Komm, lass uns verschwinden!«, schlug Tim vor.

Der Paketbote, die Besitzer des Gemüseladens und des Schuhgeschäfts, ein Mann in Radler-Outfit, der Cabriofahrer, die Mutter mit dem zerbeulten Kinderwagen und ein Haufen Zeugen und Neugieriger bewegten sich bedrohlich auf die beiden Jungs zu. Nur die brillenlose Joggerin kniete immer noch halb blind auf dem Boden und suchte dort nach den Resten ihrer Gläser.

»Und was wird dann aus meinem Ball?« Bob deutete mit der Kinnspitze zum Müllwagen.

»Vergiss den blöden Ball, und nichts wie weg hier!«, erwiderte Tim, aber dazu war es zu spät, weil ihre *Fans* sie bereits eingekreist hatten.

»Das erinnert mich daran, wie wir in dem Eispalast gegen Hazweios Privatarmee gekämpft haben. Weißt du noch?« Tim rieb sich instinktiv an seinem Ohrläppchen. Das tat er immer, wenn er scharf nachdachte.

»Natürlich weiß ich das noch. Ist ja noch keine zehn Tage her.« Bob verschränkte die Finger und ließ die Knochen knacken, aber das war bei dem aufgeregten Geschrei um sie herum kaum zu hören. »Allerdings gibt es da einen kleinen, aber feinen Unterschied.«

»Welchen denn?«, wollte Tim wissen.

»Damals hatten wir einen Atomisator, mit dem wir uns den Weg freiballern konnten.«

»Allerdings war da der Akku leer, schon vergessen?«

»Stimmt, du Klugscheißer«, brummte Bob. »Also doch kein Unterschied. Und was machen wir jetzt, *Big Brain*?«

Der Kreis schloss sich immer enger um sie, und auch das aufgebrachte Gebrüll der Menschen wurde immer lauter. Bob überlegte, mit wie vielen von ihnen er es aufnehmen könnte, gab den Gedanken jedoch schnell wieder auf, weil es einfach zu viele waren und sich jetzt auch noch die kräftigen Müllmänner dazugesellt hatten, nachdem sie auf ihrem Wagen den Abdruck von Tims Schuss entdeckt hatten. Es sah wirklich nicht gut aus für die Jungs.

»Wir könnten ihnen die S.W.A.P.-Erkennungsmarke zeigen«, schlug Tim vor. Die runde Plakette mit dem aufgeprägten Erdmännchen hatten sie von Angela Steel erhalten, der Chefin des S.W.A.P. Mit ihr konnten sich die Jungs als Agenten ausweisen, wenn sie Kollegen befreundeter Geheimdienste trafen. Leider war nie ganz klar, welcher Dienst gerade mit dem S.W.A.P. freundschaftliche Beziehungen pflegte und wem man die Plakette besser nicht zeigte.

»Wozu? Von denen sieht keiner aus, als wäre er ein Agent«, zischte Bob zurück, während die aufgeheizte Menge weiter auf sie einbrüllte und sich der Kreis um sie noch enger schloss.

»Das sehen Agenten nie. Schau uns doch an«, flüsterte Tim zurück.

Bob benötigte jetzt schon beide Arme, um die Leute vor und hinter ihnen auf Abstand zu halten.

Tim hätte es nicht sonderlich gewundert, wenn schon bald die ersten »Knüpft sie auf!«-Forderungen erklungen wären. Er wollte gerade zu einer brillanten Verteidigungsrede über die Freiheit des Sports ansetzen, als außerhalb ihres Belagerungsrings ein lautes »Gehen Sie weiter! Wir sind von der Polizei. Hier gibt es nichts zu sehen!« ertönte.

Zwei Beamte drängten sich durch den Mob zu den Jungs durch.

»Puh, Rettung in letzter Sekunde«, stöhnte Bob erleichtert auf. »Lange wäre das nicht mehr gut gegangen.«

»Mach dir mal nicht in die Hose! Ich hätte uns da mit einer flammenden Rede schon rausgehauen und ihnen einfach erzählt, dass wir hier mit versteckter Kamera einen Werbespot für die Fußball-WM drehen«, meinte Tim, als sich die Polizisten von den wütenden Menschen die Lage erklären ließen.

»Mitkommen!«, kommandierten die Beamten Bob und Tim zu sich, nachdem sie die Namen und Beschuldigungen aller Betroffenen notiert hatten. Dann führten sie die zwei zu einem blau-weißen Polizeiauto, das hinter dem Müllwagen parkte. Auch ohne sich umzudrehen, fühlten die Jungs unzählige feindselige Blicke in ihrem Rücken, als sie sich auf dem Rücksitz niederließen.

»Könnte ich mir noch kurz meinen Ball zurückholen?«, fragte Bob und zeigte auf die Heckklappe des Müllwagens.

»Mund halten und anschnallen!«, schnauzte einer der beiden Polizisten sie an.

»Kein Problem, dann holen wir ihn eben einfach später auf der Müllkippe ab«, mischte sich Tim ein. Er spürte, dass die Beamten auch nicht gerade auf ihrer Seite waren.

»Wo fahren wir denn hin?«, erkundigte sich Bob. »Wir müssten nämlich noch unseren Flieger kriegen, damit wir pünktlich zum Training kommen.«

»Der FC Barcelona wartet nicht gern auf seine Nachwuchsstars«, ergänzte Tim und grinste Bob an.

Bob grinste zurück.

Die beiden Polizisten grinsten nicht.

KAPITEL ZWEI AUF DEM REVIER

Die Beamten fuhren Bob und Tim zum nächsten Polizeirevier und führten sie dort in einen Raum, in dem ein paar Regale voller Aktenordner, ein Tisch, vier Stühle, ein Telefon mit Wählscheibe und eine alte Schreibmaschine standen.

»Ich hol mal Kaffee und für euch Halbstarke zwei Glas Milch«, sagte einer der Polizisten, während der andere sich hinter den Tisch setzte und die Jungs mit einer knappen Handbewegung aufforderte, ebenfalls Platz zu nehmen.

»Wow!«, bemerkte Bob und blickte zu der Schreibmaschine hinüber. »Willkommen im 21. Jahrhundert!«

»Das verstehst du nicht«, erwiderte Tim. »Das alte Ding benutzen sie nur, damit kein Hacker ihre geheimen Daten aus dem Rechner abgreifen kann. Da müsste man schon die ganzen Aktenordner klauen, und wer macht das heute noch?! Die sind hier ganz, ganz weit vorne.«

»Ruhe, ihr zwei Komiker«, herrschte sie der Beamte an und blätterte in seinen Notizen. »Die Zeugen sagen, ihr hättet eure Schwachmaten-Aktion auch noch gefilmt. Das ist belastendes Beweismaterial. Zeigt mir mal eure Kamera.«

»Nichts, was wir lieber täten«, erwiderte Tim hilfsbereit und griff nach seinem Handy. »Das ist ja quasi Weltpremiere. Den Film hat vor Ihnen noch keiner gesehen, und es war ja auch wirklich ein toller Schuss.«

»Besten Dank auch!« Bob beugte sich zu Tim hinüber und flüsterte ihm ins Ohr: »Da kannst du gleich schon mal anfangen, Torten zu backen, in denen du mir Feilen in den Knast schmuggelst.«

Tim ignorierte die Bemerkung und bediente ein paar Knöpfe an der Kamera. Kurz darauf lief ein roter Balken von links nach rechts über den Bildschirm, und ein Schriftzug verkündete: »Alle Daten erfolgreich gelöscht.«

»Gewöhnlich nennt man mich *Die Faust*«, erklärte Bob, und Tim ergänzte: »Und mich *Big Brain*, aber Sie dürfen auch Bob und Tim zu uns sagen.«

»Sehr großzügig«, brummte der Beamte. »Habt ihr auch zwei Nachnamen und Telefonnummern, unter denen wir eure Eltern erreichen können?«

Bob und Tim sahen sich an, dann gaben sie ihm die Nummern. Bei ihnen zu Hause würde sowieso keiner abnehmen. Tims Eltern waren bei der Arbeit und scheffelten Unmengen Geld, Bobs Eltern hockten daheim vor dem Fernseher und sahen ihre Lieblingsnachmittagsshow. Die zwei Jungs hatten sich in der Schule angefreundet: Tim war den anderen Kindern zu reich und zu klug gewesen, und Bob ihnen zu arm und zu stark. Zusammen ergänzten sich die beiden perfekt.

Der Beamte wählte zuerst die Nummer von Tims Eltern. Schon nach dem ersten Klingeln sprang der Anrufbeantworter an: »Hier ist der private Anschluss von Georg, Konstanze und Timothy Fürstenberg. In geschäftlichen Angelegenheiten wenden Sie sich bitte an unser Büro. Und hier noch eine Nachricht für Timothy: Wir kommen heute erst spät nach Hause und sind ab morgen eine Woche auf Geschäftsreise. Maria ist da und kocht für dich. Wir haben dich lieb! Wirklich!«

»Wer ist Maria? Und warum rufen sie dich nicht auf dem Handy an, wenn sie dir etwas sagen wollen?«, erkundigte sich der Polizist etwas ratlos.

»Maria ist unsere Köchin, und meine Eltern rufen mich nie an, um ihre Leitungen für Geschäftliches frei zu halten. Könnte ja gerade ein wichtiger Anruf reinkommen, wenn sie mit mir telefonieren«, erklärte Tim. »Ist doch verständlich, oder?!«

Der Beamte runzelte die Stirn und probierte es dann unter Bobs Nummer.

Der Beamte spannte ein Formular in seine Schreibmaschine und begann zu tippen. Bob nutzte das laute ***PLACKPLACKPLACK*** der Tastatur und flüsterte Tim zu: »Vielleicht sollten wir hier unsere S.W.A.P.-Erkennungsmarke mal ausprobieren.«

»Meinst du?«, erwiderte Tim skeptisch und griff sich wieder instinktiv an sein Ohrläppchen.

»Kann doch nicht schaden, oder?«

Tim zog die Plakette aus seiner Hosentasche hervor und räusperte sich, um den Polizisten auf sich aufmerksam zu machen.

»Verdammt! Jetzt hab ich mich vertippt und kann wieder von vorne anfangen«, schimpfte der Mann und riss das Formular aus der Maschine. Dann erst wandte er sich den Jungs zu. »Ich hoffe, du hattest einen guten Grund, mich beim Tippen zu stören.«

»Sagt Ihnen das hier irgendwas?« Tim ließ die Plakette, die an einer dünnen Kordel hing, vor der Nase des Polizisten hin- und herpendeln – fast so, als wollte er ihn damit hypnotisieren.

»Nö«, antwortete der Beamte.

»Schauen Sie doch mal genau hin!«, forderte Bob ihn auf.

»Habt ihr einen Ferienjob beim Zoo, oder was?«, erkundigte sich der Polizist und zeigte auf das Erdmännchen, das auf der Medaille zu sehen war.

»Knapp daneben«, erklärte Tim. »Das Erdmännchen ist das Symbol des S.W.A.P. Weil die niedlichen kleinen Racker doch auch immer die Augen offen halten. Genau wie wir beim S.W.A.P.«

»S.W.A.P.? Klingt wie Mopp. Ist das ein Reinigungsdienst, oder was? Arbeitet ihr bei einer Reinigungsfirma? Ich dachte, ihr seid Nachwuchsstars beim FC Barcelona.« Der Beamte lachte laut über seinen Witz.

Bob und Tim rollten nur gequält mit den Augen.

»Wer ist jetzt hier der Komiker?«, fragte Tim zurück, und Bob erklärte: »Der S.W.A.P. ist der internationale Geheimdienst der UNO. S.W.A.P. steht für Special Weapon Action Program, und wir arbeiten für die. Wir sind Top-Agenten und natürlich auf der Seite der Guten. Wir sind S.W.A.P. 0098 und S.W.A.P. 0099.«

Bobs Erklärungen führten nur dazu, dass der Polizist noch lauter lachen musste. Er konnte sich gar nicht mehr einkriegen.

»Nein, nein, die Komiker hier in dem Raum seid eindeutig ihr«, rief der Mann prustend, während er vor Lachen fast von seinem Stuhl fiel.

»Erinnern Sie sich, als vor knapp zwei Wochen das ganze Wasser auf der Welt verschwunden ist?«, rief Bob und ließ demonstrativ seine Fingerknöchel knacken, weil ihm das alberne Gelächter des Polizisten langsam, aber sicher gehörig auf die Nerven ging.

»Und als kurz darauf ganz Venedig in Schutt und Asche gelegt wurde?«, ergänzte Tim.

»War ja überall in den Nachrichten. Tragische Sache, das«, erwiderte der Beamte und wischte sich eine Lachträne aus dem Augenwinkel.

»Das waren wir!«, erklärte Tim.

»Ihr habt Venedig kaputt gemacht?« Der Mann fing schon wieder an zu lachen.

»Nein, aber wir haben diesen durchgeknallten Professor, der an dem Ganzen schuld war, durch sämtliche Kanäle gejagt und ihn und seine Privatarmee in der Antarktis endgültig zur Strecke gebracht«, erwiderte Bob. »Und das, obwohl der Akku unseres Atomisators ratzekahl leer war!«

»Und wenn Hoka Hay behauptet, sie hätte die Operation Deep Water ganz allein so erfolgreich beendet, dann ist das glatt gelogen. Das waren wir!«, ergänzte Tim. »Sie hat nur die Belohnung kassiert, die für Professor Hazweio ausgesetzt war.«

»S.W.A.P.! Operation Deep Water! Hazweio! Atomisator! Hoka Hay!« Ein erneuter Lachangriff schüttelte den Polizeibeamten. »Ihr habt wirklich eine blühende Phantasie. Ihr solltet Bücher schreiben.«

»Ich bin S.W.A.P. 0001, und ich komme absolut überall rein«, erklärte der Mann im Rollstuhl, der in den Jahren 2011, 2012 und 2013 von den Geheimdiensten dieser Welt zum Spion des Jahres gewählt worden war. Dass er nun für einige Zeit an den Rollstuhl gefesselt war und dadurch die Wahl 2014 nicht gewinnen würde, lag an jenem tragischen Unfall mit der Raviolidose, an dem Bob und Tim nicht ganz unbeteiligt gewesen waren. Immerhin ging es ihm seit damals schon sehr viel besser. Er konnte seine Arme bewegen, und seine scharf geschnittenen Gesichtszüge waren auch nicht mehr länger unter dicken Verbänden verborgen.

»Ich bin gekommen, um die beiden Jungs da abzuholen. Die gehören zu uns«, brummte Snyder.

»Hab ich doch gesagt«, rief Bob zufrieden dazwischen.

»Wir brauchen die zwei«, fuhr Snyder fort und warf Bob einen bösen Blick zu, der so viel bedeuten sollte wie Sei-still-wenn-Erwachsene-sich-unterhalten. Nach einer kurzen Pause fügte Snyder noch ein leises »leider« hinzu.

»Aber Sie können die halbstarken Randalierer doch nicht einfach so mitnehmen«, erwiderte der Beamte.

»Natürlich kann ich«, erklärte Snyder. Er riss das Ende eines seiner Verbände ab und notierte darauf eine Telefonnummer. Dann reichte er dem Beamten den Stofffetzen. »Rufen Sie einfach da an, dort wird man es Ihnen erklären. Übrigens lautet die korrekte Anrede ›Frau Bundeskanzlerin‹, nur so als Tipp.«

Der Polizist zögerte einen Moment, bevor er die lange Nummer wählte, die Snyder ihm gegeben hatte. Das Telefonat dauerte nicht lange.

»Selbstverständlich, Frau Bundeskanzlerin! Es ist mir ein Vergnügen, und verzeihen Sie bitte noch einmal die Unannehmlichkeiten. Das war alles nur ein großes Missverständnis, und streng genommen ist ja auch gar nichts passiert, also, nichts wirklich Dramatisches. Nur ein paar minimale Schäden, nicht der Rede wert. Sie können sich darauf verlassen, dass ich das regeln werde. Auf Wiederhören!« Der Beamte legte auf und wischte sich den Schweiß von der Stirn. Anschließend blickte er erst die Jungs und dann Snyder an.

»Nehmen Sie die Jungs mit! Die haben mir schon genug Ärger gemacht.«

»Warum nicht gleich so«, bemerkte Bob.

»War uns ein Vergnügen«, ergänzte Tim.

Dann erhoben sich die Jungs und gingen zur Tür.

»Hey, wartet gefälligst auf mich!«, brüllte Snyder, der mit seinem Rollstuhl immer noch in dem Zimmer stand.

»Oh, ’tschuldigung«, murmelte Bob und lief zurück, um Snyder in seinem Rollstuhl zum Ausgang zu schieben.

»Sind Sie die ganze Strecke mit dem Teil hierhergefahren? Da sind Sie ja glatt fit für einen Rolli-Marathon!« Tim deutete auf den Rollstuhl, in dem Snyder neben den Jungs durch die Flure der Polizeistation fuhr.

»Ich bin fit für absolut alles«, erwiderte Snyder. »Aber weil die Ärzte von mir verlangen, dass ich mich noch etwas schonen soll, hat S.W.A.P. 0815 mich hergebracht. Er wartet draußen auf uns.«

»Geht's Otto gut?«, erkundigte sich Bob, der den trägen und auch nicht besonders mutigen Agenten schon gleich bei ihrer ersten Mission für den S.W.A.P. ins Herz geschlossen hatte.

»Da draußen ist ein Hotdog-Stand. Natürlich geht's ihm gut«, erwiderte Snyder.

»War das eben wirklich die Nummer der Bundeskanzlerin, die Sie dem Polizisten gegeben haben?«, wollte Tim wissen.

»Absolut«, erwiderte Snyder und grinste. Das tat er nur ganz selten. »Aber es war nicht die Bundeskanzlerin, mit der er gesprochen hat. Wir haben die Verbindung auf einen anderen Apparat umgeleitet, und ich schätze, unsere Chefin hat dem armen Kerl ganz schön die Hölle heißgemacht.«

Im Flur kam ihnen der zweite Polizist mit einem Becher in der Hand entgegen und sah die drei erstaunt an.

Snyder schnappte sich den Kaffee im Vorbeifahren. »Sehr freundlich. Ihr Kollege weiß Bescheid. Ich nehme die Jungs hier mit.«

Dann waren sie auch schon draußen, wo Otto alias S.W.A.P. 0815 schon auf sie und sein drittes Hotdog wartete.

KAPITEL DREI IM LIEFERWAGEN

»Schön, euch zu sehen, Jungs«, schmatzte Otto und schob sich die Hälfte seines Hotdogs zwischen die Zähne.

»Keine Zeit für Sentimentalitäten«, knurrte Snyder. »Wir müssen los!«

»Wohin denn überhaupt? Sie haben Bob noch gar nicht geantwortet, weshalb Sie uns so dringend brauchen, dass Sie uns sogar bei der Polizei raushauen«, erwiderte Tim.

»Und wo steht überhaupt der Wagen?« Bob sah sich suchend um, konnte auf der Straße aber nirgendwo die lange Limousine entdecken, mit der der S.W.A.P. sie das letzte Mal abgeholt hatte. Damals waren zwei Agenten des Geheimdienstes in der Schule aufgetaucht und hatten sich als Mitarbeiter der Städtischen Gaswerke ausgegeben. Bob war das ganz recht gewesen, weil die Männer mitten in der Mathestunde erschienen waren und er sich mit Gleichungen, Bruchrechnen und Wurzelziehen schwertat. Bob war mehr der praktische Typ im Gegensatz zu Tim, dem die Theorie leichtfiel und der deswegen auf den Matheunterricht ebenfalls gut verzichten konnte. Er beherrschte bereits den kompletten Stoff der kommenden zwei Schuljahre, ohne dass er sich dafür hätte anstrengen müssen.

»Zu Frage eins: Ich brauche euch absolut nicht. Ihr seid das Letzte, was ich brauche, aber die Chefin hat sich in den Kopf gesetzt, euch eine zweite Chance zu geben«, erklärte Snyder gewohnt grimmig.

»Eine zweite Chance? Ich glaube, ich spinne!«, rief Tim empört. »Wir haben schon unsere erste Chance genutzt und diesen Hazweio dingfest gemacht.«

»Das war Hoka Hay«, entgegnete Snyder unbeeindruckt.

»War sie nicht! Das waren wir«, widersprach Bob.

»Und zu Frage Nummer zwei«, fuhr Snyder fort, ohne sich um die Proteste der Jungs zu kümmern. »Wir haben unseren Fuhrpark erweitert. Die Limo war absolut zu klein für den Rollstuhl.«

Otto, der schon ein Stück vorausgeeilt war, stand jetzt neben einem alten Lieferwagen und wartete dort auf sie.

Während Otto hinter ihnen die Rampe wieder einklappte und die Tür zufallen ließ, sahen sich die Jungs im Inneren des Wagens um. Auf der gegenüberliegenden Seitenwand hingen Waffen der unterschiedlichsten Kaliber – von richtig dicken Knarren bis hin zu winzigen Pistölchen. Einige davon hatte Bob schon auf der Schießanlage der S.W.A.P-Zentrale gesehen und bei ihrem ersten Einsatz auch schon ausprobieren können, wie etwa den Atomisator. Obwohl er nicht viel größer als ein Taschen-Akku-Schrauber war und auch fast genauso harmlos aussah, verfügte er doch über eine beeindruckende Wirkung. Mit der Waffe konnte man Menschen und Gegenstände in ihre einzelnen Atome zerlegen, die dann – je nachdem, wie kräftig der Schütze den Abzug betätigte – entweder ein paar Meter oder Hunderte von Kilometern entfernt wieder zusammengesetzt wurden. Meistens jedenfalls.

Ein paar der Waffen waren aber auch für Bob neu, der ein Talent dafür besaß, selbst die kompliziertesten Maschinen in kürzester Zeit zu verstehen und bei Bedarf auseinander- und sogar wieder zusammenbauen zu können.

Tim interessierte sich mehr für die andere Wand des Lieferwagens, an der zahlreiche Monitore, Computerlaufwerke, Knöpfe, Joysticks und blinkende Dioden installiert waren. Direkt vor der mobilen Überwachungszentrale waren zwei Stühle mit jeweils vier dicken Schrauben fest am Boden des Wagens montiert. Bob und Tim mussten sich an den Rücklehnen festhalten, um nicht umzufallen, weil Otto bereits auf den Fahrersitz geklettert war und das Gaspedal durchtrat. Der Lieferwagen schoss aus der Parklücke auf die Straße, ohne sich um den Feierabendverkehr zu kümmern. Snyder rollte fluchend in seinem Rollstuhl durch den Wagen, und nur weil die beiden Jungs ihn mit ihren freien Händen in letzter Sekunde festhalten konnten, knallte er nicht gegen die Heckklappe.

Statt eines Dankeschöns bekamen sie nur ein lautes »💣🌀⚡☠≋#🗡« zu hören. Aber das kannte Bob schon, der ernsthaft Sorge gehabt hatte, dass der Top-Agent mit seinem Rollstuhl einfach durch die Rückwand gebrochen und auf der Straße gelandet wäre.

Abgesehen von der Hightech-Inneneinrichtung, sah der Wagen nicht so aus, als ob er die nächste TÜV-Inspektion überstehen würde. Dort, wo zwei Bullaugen am Heck des Wagens einen Blick auf die belebte Straße hinter ihnen erlaubten, war das Blech bereits nahezu komplett durchgerostet.

»§@☠#!«, schimpfte Snyder erneut, weil er sich den heißen Kaffee über seine weißen Verbände geschüttet hatte. Es dauerte eine Weile, bis er sich endlich wieder beruhigt hatte und Tim ihre Fragen wiederholen konnte.

»Jetzt spucken Sie's schon aus! Worum geht es diesmal? Wieder so ein durchgeknallter Wissenschaftler, der die Welt vernichten will?«

»Fast«, antwortete Snyder, der sich an die Seitenlehnen seines Rollstuhls klammerte, weil Otto so scharf in eine Kurve gegangen war, dass sich der Lieferwagen zur Seite neigte. »Diesmal ist es ausnahmsweise kein durchgeknallter Professor.«

»Da bin ich ja beruhigt«, murmelte Bob.

»Es ist eine durchgeknallte Professorin. Sie nennt sich Madame Hot und droht damit ...«

»Ich will ja nicht angeben, aber ich habe gleich gesagt, dass das keine so gute Idee war mit ›Alle Rohre werden frei, kommt die Firma S.W.A.P. vorbei‹«, bemerkte Tim, der wieder begonnen hatte, nachdenklich sein Ohrläppchen zu kneten.

»Kleiner Klugscheißer«, brummte Snyder und machte sich an den Monitoren zu schaffen. Kurz darauf erschien auf dem Bildschirm eine Nahaufnahme der Männer, die in dem Wagen hinter ihnen saßen. Sie waren beide schwarz gekleidet und trugen Skimasken über den Köpfen, sodass man ihre Gesichter nicht erkennen konnte.

»Otto könnte versuchen, sie abzuschütteln«, schlug Tim vor.

»Absolut unmöglich! Otto fährt doch schon wie eine gesengte Sau, und sie sind uns immer noch auf den Fersen«, knurrte Snyder, während er näher an die Gesichter heranzoomte. »Der Typ hinter uns muss so eine Art Rallyeweltmeister sein.«

»Und wenn wir eine von Ihren Wunderwaffen hier benutzen?« Bob deutete auf das Waffenarsenal an der Seitenwand des Lieferwagens.

»Ebenfalls absolut unmöglich!« Snyder seufzte, wobei Bob und Tim nicht ganz klar war, ob er von ihnen mehr ... oder gar nichts anderes erwartet hatte. Vielleicht galt das Seufzen auch nur dem Bild auf dem Monitor, auf dem ihre Verfolger trotz des Zooms auch nicht besser zu erkennen waren als vorher. »Da draußen sind viel zu viele Leute, da können wir nicht einfach so in der Gegend rumballern!«

»Stimmt, dabei könnten Unschuldige verletzt werden«, räumte Bob ein.

»Nein, es wäre einfach viel zu auffällig«, erwiderte Snyder.

»Kann das Ding hier zufällig fliegen?«, erkundigte sich Tim.

»Brillante Idee! Absolut brillant! Wir ballern hier nicht rum, weil wir nicht auffallen wollen, aber erheben uns mal eben kurz in die Lüfte, als säßen wir im Fliewatüüt, oder was?« Snyder seufzte erneut. »Was glaubt ihr, was das Wörtchen ›geheim‹ in ›Geheimdienst‹ bedeutet? Na? Irgendeine Idee?«

Im selben Augenblick ging Otto ein weiteres Mal so scharf in die Kurve, dass die Jungs durcheinandergewirbelt wurden und Snyder beinahe aus seinem Rollstuhl geschleudert worden wäre.

UUUIITSCH
PiLOUU PiLOUU
PiLOUU
Warum schießen die auf uns?!
Die schießen nicht auf euch. Die schießen auf mich!
Sehr tröstlich. Aber warum tun die das?

»Weil ich der Beste bin! Irgendwer schießt immer auf mich. Erinnert ihr euch nicht mehr an den Helikopter, der wie aus dem Nichts vor dem Krankenhausfenster aufgetaucht ist?«, antwortete Snyder.

»Klar!«, erwiderte Bob, der den Hubschrauberangriff auf den eingegipsten Snyder noch deutlich vor Augen hatte. Tim und er hatten den damals völlig bewegungsunfähigen Agenten aus der Schusslinie ziehen müssen. Als die Kugeln direkt vor ihrer Nase in das Linoleum des Fußbodens einschlugen, hatten die beiden das erste Mal den Adrenalin-Flash erlebt, der die Arbeit beim S.W.A.P. so spannend machte. Seitdem waren Bob und Tim geradezu süchtig danach. Für sie gab es nichts, was mit dem berauschenden Gefühl allergrößter Gefahr vergleichbar war.

»Und deswegen machen wir jetzt auch absolut keine große Sache daraus, sondern verschwinden einfach unauffällig durch die Hintertür«, erklärte Snyder, der sich im Gegensatz zu den Jungs noch kein einziges Mal geduckt hatte, obwohl schon wieder drei Kugeln in die Elektronik einschlugen und dort Funken warfen. Die Dioden flackerten noch einmal kurz auf, dann erloschen sie und mit ihnen die Bilder der Überwachungskameras auf den Monitoren. Zum Glück war die Rückwand ihres Lieferwagens mittlerweile schon so durchlöchert, dass sie den Bildschirm und das Bullauge gar nicht mehr brauchten, um die Limousine hinter ihnen im Blick zu behalten.

KAPITEL VIER
HÖLLENFAHRT IM ROLLSTUHL

»Hintertür? Was denn für eine Hintertür? Hier gibt es nur eine Schiebetür und eine durchlöcherte Heckklappe«, rief Tim. Er hatte sich hinter einem der beiden Stühle verschanzt, obwohl er wusste, dass das im Fall eines Treffers überhaupt nichts nützen würde.

Snyder ignorierte Tims Frage und brüllte nach vorne Richtung Fahrerkabine, wo sich Otto in einer halsbrecherischen Slalomfahrt durch die Rushhour schlängelte: »Otto, hörst du mich? Leg noch mal einen kurzen Zwischenspurt ein, bieg dann bei der nächsten Gelegenheit scharf ab, lass uns raus und gib wieder Vollgas! Lock sie einfach irgendwohin. Von dir wollen sie ja nichts.«

»Können wir es nicht lieber andersrum machen?«, brüllte Otto zurück. »Ich steige hier aus, und Sie locken die Typen woandershin?«

»Halt den Mund, und tu, was ich dir gesagt habe«, kommandierte Snyder in einem Tonfall, der keinen Widerspruch duldete.

Gehorsam trat Otto das Gaspedal durch und nutzte eine winzige Lücke im dichten Verkehr, um sich ein wenig von ihren Verfolgern abzusetzen. Im nächsten Moment bog er scharf in eine kleine Seitenstraße ein und trat dort auf die Bremse, sodass Snyder und die Jungs erst zur Seite und dann nach vorn geschleudert wurden.

»Los! Raus hier!«, befahl Snyder.

Bob rappelte sich auf und riss die Schiebetür zur Seite. Tim schnappte sich den Rollstuhl und schob ihn mit dem Top-Agenten nach draußen. Das Ganze dauerte nur den Bruchteil einer Sekunde, dann war die Seitentür auch schon wieder geschlossen und die Jungs mit Snyder in einer dunklen Gasse zwischen zwei heruntergekommenen Mietshäusern verschwunden. Als die Limousine mit dem maskierten Schützen ebenfalls in die Seitenstraße bog, hatte Otto bereits deren Ende erreicht.

Seht ihr, so machen das Profis. Auch in den heißesten Momenten immer einen kühlen Kopf bewahren, so kann euch gar nichts passieren. Schaut mir einfach bei der Arbeit zu, dann könnt ihr was lernen. Wie wichtig Pünktlichkeit und gut geputzte Schuhe für einen Agenten sind, hatte ich euch ja schon mal ...

»Verzeihung«, unterbrach Tim, der dem Top-Agenten nur mit einem Ohr zugehört hatte. Mit dem anderen hatte er auf die Straßengeräusche gelauscht, und er war sich ziemlich sicher, dass dort gerade jemand eine Vollbremsung hingelegt hatte und nun mit Vollgas im Rückwärtsgang auf den Eingang der Gasse zugeschossen kam, wo Snyder immer noch seine Fortbildungsrede hielt.

»Was ist denn jetzt schon wieder?«

»Ich störe Ihren Vortrag ja nur ungern, aber ich befürchte, die kommen zurück«, fuhr Tim fort.

»Wer?«

»Na, die Dinosaurier bestimmt nicht. Die Typen mit der schallgedämpften Waffe und den Skimasken natürlich«, erklärte Tim.

»Stimmt«, bestätigte Bob. »Jetzt höre ich es auch. Da rast ein Wagen im Rückwärtsgang mit hohem Tempo die Straße entlang. Der wird in ein paar Sekunden hier sein!«

»Absolut kein Problem. Hier in der dunklen Gasse können wir endlich unsere Waffen einsetzen.« Snyder schaute die Jungs erwartungsvoll an.

»Welche Waffen?« Tim schaute verständnislos zurück.

»Na, die Waffen, die ihr aus dem Lieferwagen mitgenommen habt. Was denkst du denn, *Big Brain*?« Snyder rollte mit den Augen.

»Sie haben nur etwas von Hintertür gesagt, von Waffen war nie die Rede«, verteidigte sich Tim.

»Es ging ja auch alles so furchtbar schnell«, sprang ihm Bob zur Seite.

Snyder stöhnte und drückte sich die Finger gegen seinen bandagierten Kopf, so als müsste er einen Moment in Ruhe nachdenken. Bob, der das Warten kaum aushalten konnte, ließ seine Fingerknochen knacken und starrte auf den schmalen Ausschnitt der Straße, den er von der Gasse aus einsehen konnte. Der Motor der Limousine wurde immer lauter, und das bedeutete, dass sie jeden Augenblick dort auftauchen musste.

»Absolut kein Grund zur Panik. In diesem Fall greift Plan B«, erklärte Snyder und klappte die rechte Lehne seines Rollstuhls zur

Seite. Darunter kam eine Tastatur zum Vorschein, in die ein Joystick integriert war. Snyder drückte ein paar Tasten, und wie von Zauberhand erschien hinten am Rollstuhl eine Plattform, die den Rollbrettern glich, auf denen größere Geschwister hinter den Kinderwagen ihrer kleinen Brüder und Schwestern spazieren gefahren werden.

»Worauf wartet ihr noch? Los, steigt auf, damit wir hier wegkommen!«, brüllte Snyder und pfiff dabei eine flotte Melodie. »Und haltet euch gut fest!« Kaum standen die Jungs auf dem Trittbrett, schob Snyder den Joystick nach vorn. Der Rollstuhl beschleunigte so rasant, dass Bob und Tim fast den Halt verloren hätten.

»Ich hab euch gewarnt«, rief Snyder, drehte sich grinsend zu ihnen um und drückte gleichzeitig auf einen Knopf, der die Aufschrift »TURBO« trug. Im selben Moment schaltete die Limousine zurück in den Vorwärtsgang und folgte ihnen mit quietschenden Reifen in die schmale Gasse. Bob und Tim dachten beide für eine Sekunde daran, dass zwischen ihnen und der schallgedämpften Mündung jetzt nicht einmal mehr das rostige Blech des Lieferwagens war, da flogen ihnen auch schon wieder die Kugeln um ihre schutzlosen Köpfe. Das Adrenalin brodelte in ihren Adern wie siedendes Wasser in einem Schnellkochtopf.

Es war ein unglaublich geiles Gefühl.

Die Gasse endete nach ein paar Hundert Metern in einer breiten Allee. Gar nicht gut, dachte Tim: Mit ihrem Rollstuhlflitzer waren sie in dem schmalen Sträßchen im Vorteil, auf einer gut ausgebauten Straße dagegen völlig chancenlos.

»💣🌀⚡☠🌪#🗡!«, fluchte Snyder. »Ich krieg einen Krampf!«

»In den Lippen? Vom Pfeifen?«, erkundigte sich Bob besorgt.

»Quatsch! In meiner rechten Hand. Ich kann das Ding nicht mehr steuern.«

Bob und Tim sahen, wie Snyders Hand, die den Joystick hielt, zu zittern begann. Der Rollstuhl geriet ins Schlingern und verlor dabei an Tempo. Bob zögerte keine Sekunde und kletterte entschlossen über die Schulter des Top-Agenten auf dessen Schoß.

»Was soll der Quatsch! Geh sofort da runter!«, brüllte Snyder. »Geh sofort von mir runter!«

»Lassen Sie ihn!«, rief Tim von hinten. »Er wird uns schon hier rausbringen. Wirst du doch, oder?«

»Kleinigkeit«, entgegnete Bob, der damit beschäftigt war, Snyders verkrampfte Hand von dem Schalthebel zu lösen, um die Steuerung des Turbo-Rollstuhls zu übernehmen.

»So könnt ihr mit mir nicht umspringen!«, schimpfte Snyder, dem es trotz seines Krampfes überhaupt nicht gefiel, dass er die Kontrolle an Bob abgeben sollte. »Das ist absolut inakzeptabel.«

»Wir können auch gern anhalten und die freundlichen Herren hinter uns fragen, ob wir ihnen irgendwie helfen können«, erwiderte Tim. »Vielleicht tragen die ihre Maske ja nur, weil sie Pickel haben, und für die Ballerei gibt es bestimmt auch eine einleuchtende Erklärung. Leider fällt mir bloß absolut nicht ein, wie die lauten könnte.«

Snyder schwieg beleidigt, weil er wusste, dass Tim recht hatte. Es blieb ihm gar nichts anderes übrig, als sich erneut von den beiden Jungs aus der Schusslinie bringen zu lassen. Genauso wie damals im Krankenhaus.

Bob schob den Joystick so hart auf Vollgas, dass der Rollstuhl einen Satz nach vorn machte und ihnen wieder etwas Abstand zu der Limousine verschaffte, die durch den Fahrerwechsel bedrohlich nahe gekommen war. Als Tim sich umdrehte, krachten ihre Verfolger gerade gegen eine der vielen Mülltonnen, die ihnen den Weg versperrten, weil der Wagen für das enge Sträßchen zu breit war. Rechts und links der Kotflügel waren nur wenige Zentimeter Platz, und manchmal nicht mal die.

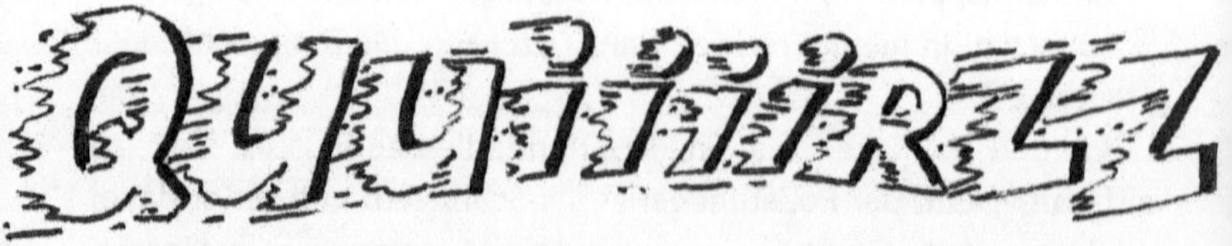

Das Geräusch, wenn das Blech an den Mauern entlangschrammte, war schlimmer als das Quietschen nasser Kreide auf einer Tafel. Tim hätte sich gern die Ohren zugehalten, aber das ging nicht, weil er sich mit beiden Händen an den Griffen des Rollstuhls festhalten musste, um nicht herunterzufallen. Immerhin hatte die enge Gasse den Vorteil, dass sich ihre Verfolger nicht mehr aus dem Seitenfenster lehnen konnten, um auf sie zu schießen.

Für einen Augenblick hoffte Tim, dass die breite Limousine zwischen den Mauern stecken bleiben würde, aber genau in dem Moment hatte der Rollstuhl bereits die Allee erreicht. Mit einem letzten lauten

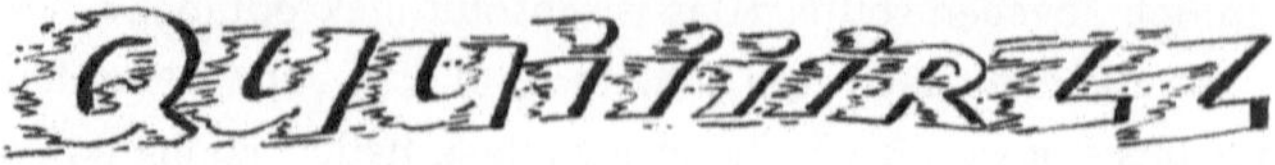

zwängte sich auch die Limousine durch den schmalen Durchgang ins Freie.

»Links, rechts, jetzt wieder links«, kommandierte Snyder, der sich bemühte, an Bobs Rücken vorbeizuschauen, um die Richtung angeben zu können.

»Das sehe ich selbst, ich bin ja kein Maulwurf«, brüllte Bob zurück, während er den Rollstuhl mit dem Joystick im Slalom zwischen den Alleebäumen hindurchdirigierte, als wären sie Teil eines Computerspiels, in dem ein Raumschiff in einen mörderischen Meteoritenregen geraten war.

Die dicken Baumstämme gaben ihnen für kurze Zeit Deckung. Das war auch nötig, denn der maskierte Schütze hatte seine Arbeit wieder aufgenommen. Er beugte sich weit aus dem Fenster und feuerte erneut auf sie. Eine verirrte Kugel schlug direkt in einem Baum neben ihnen ein. Ein Stück Rinde traf Tim an der Schläfe. Kurz darauf schmeckte er Blut, das ihm über die Wange in den Mund lief. Wegwischen konnte er es nicht, weil er bei Bobs spektakulärer Fahrweise weiterhin beide Hände zum Festhalten brauchte. Er konnte sich nicht einmal an sein Ohrläppchen fassen, um besser nachdenken zu können. Irgendwie mussten sie die lästige Limousine hinter sich loswerden, sonst würde die leichte Wunde an seiner Stirn nicht die einzige bleiben.

»Da vorn! Die Fußgängerzone«, rief Tim. »Fahr da rein! Schnell!«

»Und dann?«, wollte Bob wissen. Für ein paar Meter waren sie ohne Schutz. Mit einem lauten ***PLING*** schlug eine der Kugeln gegen den Metallrahmen des Rollstuhls. Zwei weitere sausten – ***ZIUSCH ZIUSCH*** – knapp an Tims Schultern vorbei.

»Das Kaufhaus!« Mehr brauchte Tim nicht zu sagen. Die beiden Jungs kannten sich lange genug. Bob nickte nur und lenkte den Rollstuhl auf die kleine Fußgängerzone zu, die hinter der Allee lag.

»Da vorn ist es!«, rief Tim von hinten, aber das hätte er sich auch sparen können, weil das Kaufhaus nicht zu übersehen war.

Bob, der in letzter Sekunde einem Mädchen mit fünf Einkaufstüten hatte ausweichen können, lenkte den Rollstuhl auf den Eingang zu, der von zwei älteren Security-Mitarbeitern bewacht wurde. Die Männer winkten aufgeregt, als sie Bob auf sich zurasen sahen. Er und Tim waren sich beide nicht sicher, ob das panische Gestikulieren ihnen oder der Limousine hinter ihnen galt. Die Jungs winkten höflich zurück, dann waren sie mit Snyder auch schon an der aufgeregten Security vorbei und im Inneren des Kaufhauses verschwunden.

Kurz darauf erschütterte ein lauter Knall das Gebäude.

Tim drehte sich um und sah, dass die Limousine mit Vollgas in einen Verkaufstisch mit Herrensocken gerast und anschließend zwischen zwei Regalen mit Damenstrumpfhosen stecken geblieben war.

»💣🌀⚡☠≡#🗡!« war das Letzte, was die Jungs von ihren Verfolgern hörten. Bob lenkte ihren Rollstuhl jetzt in gemäßigterem Tempo an den Besuchern des Kaufhauses vorbei und auf der anderen Seite durch den Hinterausgang wieder hinaus auf die Straße.

»Sie wollten doch durch die Hintertür abhauen.« Tim grinste und klopfte Snyder von hinten auf die Schulter. »Das hat mich doch überhaupt erst auf die Idee mit dem Kaufhaus gebracht.«

»Und das Beste ist«, sagte Bob, »mit den Masken überm Gesicht fallen die Typen in der Sockenabteilung gar nicht auf. War doch gut, oder?«

»Nun geben Sie schon zu, dass unser Plan gut war!«, ergänzte Tim.

»Er war nicht absolut schlecht, und jetzt geh endlich von meinem Schoß runter«, knurrte Snyder und schob Bob von dem Rollstuhl herunter. Erst jetzt sah er, dass Tim immer noch an der Stirn blutete. »Tut's sehr weh?«

»Halb so schlimm.« Tim winkte ab und zog sein Handy aus der Tasche.

»Wen willst du anrufen? Deine Mama, damit sie dir auf dein Aua pustet?«, fragte Snyder mit hochgezogener Augenbraue.

»Nein, unsere Freunde von der Polizei, damit sie die beiden Rallyefahrer abholen. Das wollte ich schon die ganze Zeit tun, aber ich hatte keine Hand zum Telefonieren frei.«

»Wozu soll das gut sein? Die Bösen versuchen, uns zu erwischen, und wir versuchen, sie zu erwischen. Das muss man absolut sportlich nehmen.« Snyder schaute auf seine Uhr. »Wir sind eh schon zu spät, und die Chefin wartet nicht gern. Außerdem muss deine Wunde genäht und verbunden werden. Ich will ja nicht der Einzige sein, der hier wie eine Mumie aussieht. Also alles aufsteigen, und ab jetzt fahr ich wieder. Mein Krampf ist weg.«

KAPITEL FÜNF LAGEBESPRECHUNG

»Absolut! Weißt du noch, der Russe, dem der Augapfel aus dem Kopf gefallen und mitten in deinem Cocktail gelandet ist?«, fragte Snyder.

»Klar, das Auge schwamm in meinem Glas und hat mich ganz vorwurfsvoll angestarrt. Als wenn ich etwas dafürgekonnt hätte«, erwiderte die Chefin des S.W.A.P.

»Dabei war das sein eigener Kollege, der ihm von hinten so hart auf die Schulter geklopft hatte, dass seinem Kumpel vorn das Auge rausgeschossen ist!«

»Ich musste das wegschütten. So was kann ja keiner mehr trinken. Nicht mal an Halloween!«

Angela Steel lachte, und auch Snyder prustete los, obwohl ihm das wegen seiner Verletzungen immer noch entsetzlich wehtat.

»Entschuldigung, dass ich Ihre absolut zauberhafte Unterhaltung unterbreche«, bemerkte Tim und tastete vorsichtig nach dem Pflaster auf seiner Wunde. »Aber Bob und ich würden gern wissen, warum wir hier sind und was Sie diesmal von uns wollen.«

»Stimmt genau«, murmelte Bob, der bei der Schilderung leichenblass geworden war, obwohl er kein einziges Wort von der Augapfel-im-Cocktail-Geschichte glaubte.

Sie saßen in einem fensterlosen Raum. Auf dem Tisch vor ihnen standen eine Karaffe mit Wasser und vier Gläser sowie eine Schale mit eingeschweißten Müsliriegeln. Snyder hatte sie in seinem Rollstuhl in die Zentrale des S.W.A.P. gefahren. Nach dem Verlassen des Kaufhauses hatte es keine weiteren Komplikationen mehr gegeben. Auf Seitenstraßen waren sie zu dem unscheinbaren Bürokomplex gelangt, in dessen zehnter Etage sie sich nun befanden. Snyder und die Jungs hatten den Aufzug genommen. Im Gegensatz zur Chefin des S.W.A.P. litt der Top-Agent glücklicherweise nicht an Platzangst, sonst hätten Bob und Tim ihn mitsamt seinem Rollstuhl die zehn Stockwerke hinaufschleppen müssen. Im Flur hatte Angela Steel schon auf sie gewartet und sie mit einem strahlenden »Ihr seht zauberhaft aus! Ich hoffe, ihr hattet unterwegs keine Schwierigkeiten« begrüßt. Noch ehe die Jungs antworten konnten, hatte Snyder »Nein, nein, ist alles absolut reibungslos gelaufen« geantwortet. Bob und Tim waren sich beide nicht sicher gewesen, ob er das wirklich glaubte oder aber einfach nur nicht zugeben wollte, dass Bob ihm auf seinem Schoß den Arsch gerettet hatte. Möglich war beides.

Dann waren sie in das Zimmer gegangen, in dem Bob und Tim nun saßen und gespannt darauf warteten, endlich zu erfahren, warum sie der S.W.A.P. aus dem Polizeirevier befreit hatte.

»Ihr habt völlig recht, wir sind schließlich nicht hier, um von alten Zeiten zu schwärmen«, erwiderte Angela Steel und schnippte mit den Fingern.

Im selben Moment projizierte ein verborgener Projektor farbige Bilder an die weiße Wand gegenüber der Tür. Bob und Tim lehnten sich zurück, neugierig darauf, welche Herausforderung sie nach dem verrückten Professor Hazweio diesmal erwarten würde. Es dauerte ein paar Sekunden, ehe sie begriffen, dass auf der Wand ein Werbespot für Müsliriegel lief. Es waren dieselben, die auch in der Schale vor ihnen lagen.

Das wussten Tim und Bob allerdings noch zu gut von ihrem ersten Einsatz. Da hatten sie für längere Zeit keine Verbindung zur Zentrale gehabt, weil der S.W.A.P. seine Telefonrechnung nicht hatte bezahlen können. Der Geheimdienst hatte sich beim Bau der Röhren für seine Suburb-Shuttles finanziell ein wenig übernommen. Das Shuttle-System funktionierte wie ein weltumspannendes U-Bahn-Netz und brachte die Agenten des S.W.A.P. in kürzester Zeit unterirdisch an fast jeden Ort der Erde. Das System war nicht ganz billig gewesen, und der Geheimdienst hatte sich unter der Leitung von Angela Steel nie so richtig von der gewaltigen Investition erholen können. Während ihren Gegnern in der Regel grenzenlos Geld zur Verfügung stand, war der S.W.A.P. nahezu chronisch pleite.

»Und jetzt kommt der Hauptfilm«, erklärte Angela Steel, als der kurze Werbespot vorüber war.

Auf der Wand waren nun Bilder zu sehen, die rauchende Vulkane, brodelnde Lava und kochende Geysire zeigten. Dazwischengeschnitten waren Aufnahmen von bekannten Fußballspielern und den Maskottchen der bevorstehenden Weltmeisterschaft in China: einem Panda und einem Chow-Chow.

Selbst Tim hatte keinen Schimmer, was das bedeuten sollte, doch noch bevor er fragen konnte, wurde die Übertragung erneut durch einen Werbeclip unterbrochen. Diesmal für eine kugelsichere Weste, bei der der Hersteller einen reibungslosen Umtausch garantierte, falls die Weste nicht wie versprochen funktionierte.

»Was soll das?«, erkundigte sich Bob. »Das macht doch gar keinen Sinn.«

»Stimmt«, erwiderte Angela Steel und lächelte kühl. »Wenn das Ding nicht kugelsicher ist, nützt einem der Umtausch auch nichts mehr.«

»Das meint er doch gar nicht«, sagte Tim. »Er meint die Vulkane und die Fußballer.«

»Genau.« Bob nickte bestätigend. »Wie hängt das zusammen, und was hat das mit uns zu tun?«

»Gute Frage«, antwortete Snyder. »Und die Antwortet lautet: Wir wissen es nicht.«

»Noch nicht«, korrigierte die Chefin des S.W.A.P. »Aber wir haben Informationen, dass die bevorstehende Weltmeisterschaft durch einen absichtlich herbeigeführten Vulkanausbruch sabotiert werden soll.«

»Und hier kommt ihr ins Spiel«, ergänzte Snyder. »Wir schicken euch zur Eröffnung der WM, damit ihr da ein bisschen die Augen offen haltet.«

»Echt? Wow!« Bob hielt seine Hand in die Höhe, damit Tim einschlagen konnte. Doch Tim zögerte, weil er ahnte, dass die Sache einen Haken hatte. Beim S.W.A.P. gab es immer einen Haken. Das war das Einzige, worauf man sich bei dem Laden verlassen konnte.

»Eure Doppelgänger wissen bereits Bescheid«, erklärte Angela Steel. »Und ihr Deutsch ist auch viel besser geworden. Aber eure Eltern und Lehrer haben beim ersten Mal ja auch nichts gemerkt.«

Das stimmte. Der S.W.A.P. hatte für den ersten Einsatz der beiden Nachwuchsagenten zwei Jungen in Finnland aufgetan, die Bob und Tim glichen, als wären sie ihre Zwillinge. Abgesehen davon, dass die Finnen kaum ein Wort Deutsch sprachen und deswegen in der Schule einige Klassenarbeiten versemmelt hatten, war der Tausch unbemerkt und weitgehend folgenlos geblieben. Sowohl den Eltern von Bob als auch von Tim war überhaupt nichts aufgefallen. Bei Bob daheim wurde nicht viel geredet, da lief die ganze Zeit der Fernseher, und Tims Erzeuger arbeiteten so viel, dass sie sowieso nur selten wie nie zu Hause waren.

»Und wer steckt diesmal dahinter? Wieder so ein durchgeknallter Wissenschaftler, der im Kino zu viele Agentenfilme gesehen hat?«, wollte Tim wissen.

»Nein, absolut kein Wissenschaftler«, erwiderte Snyder. »Das sagte ich euch doch schon.«

»Diesmal ist es eine Wissenschaftlerin – Madame Hot. Angeblich kann sie auf Knopfdruck jeden beliebigen Vulkan dieser Erde zum Ausbruch bringen. Zauberhafte Vorstellung!«, sagte Angela Steel und verdrehte die Augen.

»Das Eröffnungsspiel findet aber doch in Peking statt. Im Umkreis von Peking gibt es gar keine Vulkane«, warf Tim ein.

»Gut bemerkt, *Big Brain*«, bemerkte Snyder. »Das macht die ganze Sache ja so geheimnisvoll. Also, was ist mit euch? Seid ihr bei der Operation Flammendes Inferno dabei?«

»Haben wir eine Wahl?«, erkundigte sich Tim und griff sich dabei instinktiv wieder an sein Ohrläppchen.

»Absolut!«

»Welche?«, fragte Bob gedehnt und ließ dabei die Knochen seiner Finger knacken.

»Ihr habt die Wahl, ob ihr als Panda oder als Chow-Chow in Peking dabei sein wollt.« Snyder grinste.

»Beides ganz zauberhafte Tiere. Ich könnte mich gar nicht entscheiden. Ehrlich!«, ergänzte Angela Steel.

Bob verstand nur Bahnhof, aber Tim hatte einen Verdacht.

»Das ist nicht Ihr Ernst?« Er sah Snyder fassungslos an.

»Und ob es das ist. Als Maskottchen fallt ihr nicht auf, das ist die absolut beste Tarnung. Niemand würde vermuten, dass unter den Pelzkostümen die besten Männ… äh … Jungs des S.W.A.P. stecken«, erklärte Snyder und verzog dabei das Gesicht, als würde er es selbst nicht glauben.

»Immerhin sehen wir so das Eröffnungsspiel«, bemerkte Bob und stieß Tim in die Seite. »Ich bin der Panda.«

»Das passt zu dir«, erwiderte Tim. »Dick und faul in der Gegend rumliegen.«

»Besser dick und faul als dick, faul und flohverseucht, du Chow-Chow!«, entgegnete Bob.

»Zauberhaft! Ich wusste, dass ich mich auf euch verlassen kann«, sagte die Chefin zufrieden und rief ein lautes »S.W.A.P. 0815, bringen Sie die Sachen rein!« in den Raum.

Im selben Moment ging die Tür auf, und Otto betrat das Zimmer. Er trug einen Koffer in der linken Hand und über dem rechten Arm zwei große, flauschige Kostüme. Das eine mit einem weißen Fell und schwarzen Flecken, das andere mit langen hellbraunen Haaren. Otto strahlte, als er Bob und Tim sah.

Dann wandte er sich an Angela Steel und streckte die Hand aus. »Das macht dann bitte zehn Euro.«

Die Chefin verzog mürrisch das Gesicht und kramte in den Taschen ihres weißen Hosenanzugs. Sie zog einen verknitterten Geldschein heraus, den sie Otto in die Hand drückte. Otto hielt den Schein prüfend gegen das Licht, bevor er ihn gut gelaunt einsteckte. »Wir hatten gewettet, ob ihr beide es mit Snyder hierherschafft oder nicht. Die Chefin hat verloren.«

»Das meiste von dem Zeug kennt ihr ja schon.« Angela Steel klappte schnell den Koffer auf, weil ihr die verlorene Wette unangenehm war. Ohne die Jungs oder Snyder anzugucken, reihte sie auf dem Tisch ein S.W.A.P.-Book, zwei Mikrokopfhörer mit eingebautem Sprachtransmitter, einen Atomisator und ein kleines Kästchen auf.

»Und? Funktioniert die Spracherkennung mittlerweile?«, erkundigte sich Bob und griff nach dem S.W.A.P.-Book, das den Jungs den Zugriff auf alle Datenbanken dieser Welt erlaubte. Ehe die Chefin ihm antworten konnte, hielt er sich das Gerät vor den Mund und sprach betont langsam und deutlich in das Mikrofon. »Wer wird Fußballweltmeister?«

»Island wild Weltmeistel«, quäkte eine Lautsprecherstimme mit asiatischem Akzent, weil das Programm von chinesischen Computerfachleuten entwickelt worden war.

»Wow!«, erwiderte Tim mit gespielter Bewunderung und grinste. »Das läuft ja tadellos!«

»Na ja, es ist noch nicht ganz perfekt, aber unsere Leute arbeiten dran«, erklärte Snyder.

Tim nahm seinem Freund das S.W.A.P.-Book aus der Hand und steckte es zusammen mit einem der beiden Mikrokopfhörer ein. Die Kopfhörer besaßen gleich drei praktische Funktionen. Mit dem eingebauten Sender konnten die Jungs Kontakt zur Zentrale halten. Das konnte man mit einem Handy natürlich auch, aber das wirklich Besondere an ihnen hier war, dass Bob und Tim mit den Kopfhörern im Ohr jede Sprache dieser Welt problemlos verstehen und sie – dank der Aktivierung der zuständigen Gehirnregionen – auch akzentfrei sprechen konnten, ohne sie erst mühsam lernen zu müssen. Bob griff nach dem zweiten Kopfhörer und verstaute ihn zusammen mit dem Atomisator in seiner Hosentasche.

»Und was ist da drin?« Tim deutete auf das Kästchen, das neben den Kostümen auf dem Tisch lag.

»Das da …«, sagte Angela Steel und machte eine bedeutungsschwere Pause, »… ist wirklich ganz zauberhaft. Unsere allerneueste Errungenschaft.« Die Chefin nahm das Kästchen in die Hand und ließ den Deckel aufklappen. Darin lag ein goldener Ring, der mit einem roten Edelstein verziert war.

»Was sollen wir damit?«, wollte Tim wissen. »Das Böse besiegen?«

»Macht der unsichtbar?« Bob beäugte den Ring neugierig.

»Absolut, und wenn ihr ganz, ganz fest dran glaubt, führt er euch zu einem riesigen Schatz, der von einem Feuer speienden Drachen bewacht wird«, erwiderte Snyder mit einem müden Lächeln.

»Echt?«, fragte Bob erstaunt, noch ehe Tim ihn in die Seite stoßen konnte.

»Zauberhaft! Ich wollte an der Stelle immer schon ein Fenster haben.« Angela Steel zog den Ring wieder vom Finger und drückte ihn Bob in die Hand. »Vielleicht habt ihr auf eurer Mission mal Verwendung dafür. Aber seid vorsichtig, das Ding ist kein Spielzeug!«

Snyder blickte auf seine Uhr und räusperte sich. »Es wird Zeit für die Jungs. Das Eröffnungsspiel beginnt in sechs Stunden, und selbst mit unserem Suburb-Shuttle wird das knapp.«

»Otto bringt euch zur nächsten Station, und vergesst eure Uniformen nicht«, sagte die Chefin und zeigte auf die Kostüme, die immer noch auf dem Tisch lagen. »Und ... viel Glück!«

»Wünsche ich euch auch«, sagte Snyder, als er sie in seinem Rollstuhl hinaus auf den Flur begleitete. »Ihr werdet es brauchen!«

Kurz darauf standen Bob und Tim mit Otto auch schon im Aufzug, mit dem sie Stockwerk um Stockwerk in die Tiefe rauschten.

KAPITEL SECHS
SHUTTLE NACH CHINA

»Wollt ihr sie gleich anziehen oder erst, wenn ihr angekommen seid?« Otto hielt den Jungs ihre Verkleidungen entgegen.

»Ich kann es kaum erwarten, will mir die Vorfreude aber noch ein wenig erhalten«, sagte Tim und lächelte säuerlich. Dann schmiss er sein Chow-Chow-Kostüm in das Shuttle, das mit geöffneter Kuppel vor ihnen parkte. Das Gefährt sah aus wie ein kleines Unterseeboot und hatte zwei Sitze, die hintereinander angeordnet waren.

»Ich warte auch lieber noch ein bisschen«, sagte Bob und setzte sich auf den vorderen Platz.

»Ihr wisst ja gar nicht, wie sehr ich euch beneide!«, erklärte Otto, als er Bob das Panda-Kostüm in die Hand drückte.

»Weil ein neues Abenteuer auf uns wartet?«, wollte Tim wissen.

»Nein, weil ihr das Spiel sehen könnt! Wenn ihr Glück habt, dauert eure Mission so lange, dass ihr sogar noch beim Finale dabei seid«, schwärmte Otto.

»Warum übernehmen Sie den Job dann nicht selbst?« Bob machte Anstalten, wieder auszusteigen und Otto seinen Platz anzubieten.

»Nichts, was ich lieber täte«, erwiderte Otto, der Bob zurück auf seinen Platz schob. »Aber ihr wisst ja, ich kann meine Koi-Karpfen nicht so lange allein lassen. Außerdem passt so ein Panda auch gar nicht zu mir. Ich wäre eher so der Tiger, wenn ihr versteht, was ich meine.«

Bob sah zu Tim, und die beiden Jungs grinsten sich an. Sie hatten schon bei ihrem ersten Einsatz bemerkt, dass Otto, alias S.W.A.P. 0815, alles andere als ein Tiger war.

»Noch eine Frage«, sagte Bob, als Otto schon die Kuppel ihres Shuttles über ihnen schließen wollte. »Haben Sie irgendetwas von Hoka Hay gehört? Wissen Sie, wo sie steckt und wie es ihr geht?«

»Niemand hört irgendetwas von Hoka Hay, wenn sie das nicht will«, erklärte Otto und lachte. »Bist wohl verknallt, was?«

»Nein!«, widersprach Bob. »Wie kommen Sie denn darauf?«

»Klar ist er das!«, mischte sich Tim von hinten ein. »Bis über beide Ohren.«

»Selber«, entgegnete Bob.

»Stimmt ja gar nicht, du Panda!«

»Stimmt wohl, aber am Ende wird sie sich für mich entscheiden statt für einen Wauwau. Wart's nur ab!«

»Träum weiter!«

Während sich die Jungs in ihrer Kapsel stritten, klappte Otto den Glasdeckel zu und programmierte an einem Display das Ziel des Shuttles ein: Peking. Der Bildschirm meldete, dass ihre Fahrt gute vier Stunden dauern würde. Das entsprach einer durchschnittlichen Geschwindigkeit von 1800 Kilometern pro Stunde. Otto schaute auf seine Uhr und nickte zufrieden: So würden es die Jungs noch pünktlich zum Eröffnungsspiel schaffen. Dann drückte er einen Knopf, und das Shuttle verschwand – ***ZISCHHHHHHHH*** – in der schwarzen Röhre.

»Wieso ›wieder‹? Unsere Belohnung für Hazweio hat Hoka Hay kassiert, obwohl wir die ganze Drecksarbeit erledigt haben. Schon vergessen?«, erwiderte Tim, der nur mit Mühe die Augen offen halten konnte.

»Aber wenn es eine gibt, steigen zumindest die Chancen, dass sie auch diesmal wieder mitmischt«, erklärte Bob und fügte hinzu: »Und dann treffen wir sie vielleicht.«

»Falsch«, widersprach Tim. »Damit steigen höchstens die Chancen, dass sie uns die Belohnung auch dieses Mal wieder vor der Nase wegschnappt.«

»Das wäre es mir wert.« Bob musste ebenfalls gähnen. »Geld wird total überbewertet.«

»Hey, das ist mein Spruch! Meine Eltern schwimmen doch darin, und deine hätten's nötig«, erwiderte Tim und grinste.

»Eben, du Heuschrecke! Du kannst den Hals einfach nicht voll genug kriegen. Ich dagegen, ich bin eher so der Romantiker.«

»Die romantische Faust!« Tim lachte, und auch Bob konnte sich ein Grinsen nicht mehr verkneifen.

»Die romantische Faust kommt gleich zu dir nach hinten und gibt dir ganz unromantisch eins auf die Nase.«

»Spar dir das, bis sich Hoka Hay für mich entschieden hat. Und jetzt lass uns eine Runde pennen.« Tim streckte sich, so gut es ging, auf dem engen Sitz aus, um eine halbwegs gemütliche Schlafposition zu finden.

Bob und Tim wachten erst wieder auf, als das Shuttle in die Bremsphase eintrat und ihre Körper sanft nach vorn gedrückt wurden. Die Jungs brauchten ein paar Sekunden, bevor sie realisierten, wo sie waren. Kurz darauf stoppte die Kapsel auch schon unter einem hell erleuchteten Schacht, der über dem Glasdach ihrer Kuppel steil nach oben führte. Eine Wendeltreppe wand sich dort in die Höhe und endete unter einer runden Steinplatte.

»Lass es uns hinter uns bringen.« Tim deutete auf die Kostüme, die auf dem Boden des Shuttles lagen.

Bob nickte nur und öffnete die Glaskuppel des Shuttles, damit sie mehr Platz zum Umziehen hatten. Die Jungs hofften beide insgeheim, dass sie zu groß für ihre Verkleidungen sein würden. Doch zu ihrer Enttäuschung passten ihnen sowohl der Panda- als auch der Chow-Chow-Anzug wie angegossen.

»Sehr komisch«, knurrte Tim, der sich ärgerte, dass ausgerechnet er – *Big Brain* – daran nicht gedacht hatte. Er hätte doch lieber das Panda-Kostüm nehmen sollen. Doch da hatten sie auch schon das Ende der Treppe erreicht.

Bob griff nach einem Hebel, der unter der Steinplatte befestigt war und zum Öffnen der Luke diente.

»Bist du bereit?« Er drehte sich zu seinem Freund um und blickte ihn fragend an.

»Warte!« Tim öffnete den Reißverschluss seines Kostüms und holte aus der Hosentasche den Mikrokopfhörer hervor. »Sonst versteht uns dort oben doch keiner, und umgekehrt genauso. Oder kannst du etwa Chinesisch?«

»Alle Pandas können Chinesisch, was denkst du denn? Das sind keine Hunde, das sind kluge Tiere«, antwortete Bob, kramte aber trotzdem ebenfalls nach seinem Kopfhörer.

»Wo zum Teufel steckt ihr? Das Spiel beginnt in zehn Minuten«, ertönte sofort eine wütende Stimme, als die Jungs die Kopfhörer in ihren Ohrmuscheln versenkten.

»Snyder ... Leider!«, stöhnte Bob.

»Das habe ich gehört!«, brüllte die Stimme. »Und jetzt sagt schon: Wo zum Teufel steckt ihr? Ich kann euch hier im Stadion absolut nirgendwo sehen!«

»Sind Sie auch hier? Wie haben Sie das denn so schnell geschafft? Ich dachte, es gäbe nichts Schnelleres als das Shuttle«, fragte Tim überrascht.

»Die Chefin hat mich hergebeamt«, erklärte Snyder.

»Und das funktioniert?«, staunte Bob.

»Natürlich nicht. Ich sehe mir das Spiel hier in der Zentrale im Fernsehen an. Das wird live in zweihundert Länder übertragen, und jetzt will ich endlich eine Antwort auf meine Frage!«

»Wir sind direkt unter dem Ausgang der Shuttle-Station«, erklärte Tim, um den tobenden Top-Agenten ein wenig zu beruhigen.

»Habt ihr eure Kostüme schon an?«, erkundigte sich Snyder halbwegs besänftigt. »Ich kann es gar nicht erwarten, euch darin auf dem Rasen herumhüpfen zu sehen.«

»Dürfen wir vielleicht bitte einfach unsere Arbeit machen?«, erkundigte sich Bob, dem Snyder langsam, aber sicher gehörig auf die Nerven ging.

»Absolut!«, erwiderte Snyder. »Aber vorher solltet ihr noch einmal einen Blick in euer S.W.A.P.-Book werfen. Wir haben ein Foto von Madame Hot auftreiben können. Ich habe es euch rübergespielt. Ende und raus, ich will jetzt das Spiel sehen!«

Bob und Tim warteten noch einen Moment, aber in der Leitung war nur noch ein leises Rauschen zu hören. Tim kramte unter seinem Kostüm das S.W.A.P.-Book hervor und strich mit seiner Chow-Chow-Tatze über eine Datei mit dem Namen »Hot«. Sofort erschien auf dem Display das Foto einer Frau.

»Können wir jetzt endlich?«, fragte Bob, der schon die ganze Zeit ungeduldig mit seiner Pandapranke den Hebel der Ausstiegsluke gepackt hielt.

»Merk dir ihr Gesicht gut!«, erklärte Tim.

»Wozu?«

»Weil ich mir ziemlich sicher bin, dass sie im Stadion sein wird. Das lässt sie sich bestimmt nicht entgehen.«

»Dann wird's ja einfach. Wir suchen einfach nach jemandem, der komplett in Alufolie eingewickelt ist«, erwiderte Bob.

»Das ist keine Alufolie, du Panda! Das ist ein Asbestanzug, den sie da auf dem Foto trägt. Der schützt einen vor großer Hitze. Den tragen Stahlarbeiter oder Feuerwehrleute. Ich bezweifle allerdings, dass sie den zum Eröffnungsspiel tragen wird. Aber mit etwas Glück hat sie noch die gleiche Haarfarbe. Halt einfach Ausschau nach roten Haaren. So viele rothaarige Chinesen gibt es ja nicht.« Tim sah sich noch einmal das Bild an. Die Frau lächelte darauf, aber es war kein wirklich freundliches Lächeln. Es sah eher aus wie teuflische Vorfreude, und Tim überfiel plötzlich die unangenehme Ahnung, dass das, worauf sich Madame Hot so freute, für den Rest der Menschheit alles andere als ein Grund zur Freude sein würde.

»Darf ich jetzt endlich?«, erwiderte Bob, der einen letzten Blick auf das Display geworfen hatte.

»Ich bitte sogar darum.« Tim steckte das S.W.A.P.-Book wieder weg und grinste seinen Freund an. »Wie war noch mal unser Motto? No risk ...«

»... no fun«, vollendete Bob und zog den Hebel zur Seite. Im selben Moment sprang die Luke über ihm auf und gab den Blick frei auf den kühlen Nachthimmel über Peking.

KAPITEL SIEBEN
WIEDERSEHEN IN PEKING

Als Tim und Bob aus dem Schacht kletterten, brach Jubel aus. Es dauerte eine Weile, bis die Jungs kapierten, dass sie mitten im Olympiastadion der chinesischen Hauptstadt gelandet waren – direkt unter dem Kugelstoßring – und dass der Beifall ihnen galt: den beiden Maskottchen der Fußballweltmeisterschaft. Der Einzige, der ihnen nicht zujubelte, war ein Mann in einem weißen Anzug, der aufgeregt auf sie zustürmte. Er war etwas kleiner als die Jungs und musste sich auf die Zehenspitzen stellen, um Bob und Tim in die Augen schauen zu können. An einem Band um den Hals trug er seinen laminierten, DIN-A4-großen Akkreditierungspass, der ihn als hohes Tier des asiatischen Fußballverbandes auswies.

»Wo habt ihr gesteckt, ihr pelzigen Nichtsnutze!«, brüllte der kleine Chinese und scheuchte Panda und Chow-Chow über das Spielfeld zum Mittelkreis, wo die Kapitäne der chinesischen und der brasilianischen Nationalmannschaft schon für den Anpfiff bereitstanden. »Alle warten nur noch auf euch! Also macht schon! Los, los, los!«

»Sklaventreiber wie Snyder gibt es anscheinend überall«, brummte Bob, als er neben Tim über das kurz geschnittene Gras lief.

»Das ist ein globales Phänomen. Einer brüllt, und die anderen laufen«, erwiderte Tim und stolperte dabei über seine Chow-Chow-Tatze. Er fiel auf den Rasen, wo er sogar durch das dicke Fell seines Kostüms die Wärme des Bodens spürte. Tim tippte auf eine Rasenheizung, die die perfekten Bedingungen für ein perfektes Spiel garantieren sollte.

Die Zuschauer auf den Tribünen lachten und applaudierten erneut. Sie glaubten, Tims Sturz gehöre zum Unterhaltungsprogramm der Eröffnungsfeier. Nur der Chinese mit dem weißen Anzug lachte nicht, sondern zerrte fluchend an Tims Fell, um ihm wieder auf die Beine zu helfen. Als er sich dabei ebenfalls auf die Nase legte, gab es für die Zuschauer kein Halten mehr. Sie johlten und pfiffen vor Vergnügen, bis es dem Panda – also Bob – endlich gelang, die beiden wieder auf die Füße zu stellen.

Der Mann hatte seine Drohung gefüstert, obwohl das gar nicht nötig war. Bei dem Lärm im Stadion hätte es außer Bob und Tim sowieso niemand verstanden. Aber selbst die Jungs hatten nicht hingehört, weil sie die Zuschauerränge nach einer korpulenten Dame mit roten Haaren scannten. Die meisten der Zuschauer kamen aus dem Gastgeberland und besaßen glattes schwarzes Haar. Die einzigen Rotschöpfe, die Bob und Tim entdeckten, gehörten zu einer Gruppe irischer Fans, die nach Peking gereist waren, um ihre Mannschaft anzufeuern. Soweit die Jungs das auf die Entfernung beurteilen konnten, war Madame Hot nicht darunter.

Bob und Tim hatten den Mittelkreis jetzt fast erreicht. Der Ball lag schon auf dem Anstoßpunkt, und die Spieler konnten es gar nicht erwarten, dass es endlich losging. Ungeduldig trippelten sie auf der Stelle oder absolvierten noch schnell ein paar Aufwärmübungen.

»Wow! Guck dir das an! Da stehen die besten Fußballer der Welt. Ist das nicht aufregend?!«, meinte Bob.

»Was soll daran aufregend sein? Da stehen doch nur zweiundzwanzig Menschen, die zufällig gut kicken können«, erwiderte Tim unbeeindruckt. Er interessierte sich nicht sonderlich für Fußball, und an dem Schuss in die Waschmaschine hatte ihn nur der mathematische Teil und weniger der sportliche interessiert.

»Für die chinesische Mannschaft mag das zutreffen. Aber die elf Brasilianer – das sind keine Menschen, das sind Fußballgötter«, erwiderte Bob und reichte dem Kapitän der brasilianischen Mannschaft seine Pandatatze zur Begrüßung. Das wiederholte er bei jedem einzelnen Spieler, bis der kleine Chinese den Spielball hochnahm und ihn Tim ungeduldig in die Pfoten drückte.

»Was soll ich damit?«, fragte Tim verständnislos.

»Ihr sollt den Anstoß machen, damit es endlich losgehen kann!«, schimpfte der Chinese.

Im Stadion war es jetzt ganz still geworden. Fünfzigtausend Augenpaare starrten gespannt auf den Panda, der ein paar Schritte Anlauf nahm, um mit seinem Schuss die Weltmeisterschaft endlich zu eröffnen. Bob trabte locker an und drosch mit seiner rechten Tatze gegen den Ball, der wie eine Kanonenkugel über das halbe Feld schoss, unter die Querlatte knallte und von dort hinter die brasilianische Torlinie sprang. Der Torhüter war von dem Schuss viel zu überrascht, als dass er hätte reagieren können. Und selbst wenn, wäre er gegen diesen Knaller chancenlos gewesen. Der Schiedsrichter blickte verwirrt zu seinen beiden Linienrichtern, die genauso verwirrt zurückschauten. Dann griff er zu seiner Pfeife und entschied auf Tor. 1:0 für China.

Der Jubel, den die Jungs bisher erlebt hatten, war nichts gegen das begeisterte Toben, das nun losbrach. Die Chinesen feierten Bob für sein Tor, und nur mit Mühe gelang es dem kleinen Anzugträger, die beiden Maskottchen vom Platz zu schieben, damit das Spiel endlich unter regulären Bedingungen weitergehen konnte. Der Chinese schien mit einem Mal wie ausgewechselt. Statt auf sie einzubrüllen, klopfte er dem Panda immer wieder anerkennend auf die Schulter, und von den »zwanzig, ach was, dreißig Jahren Straflager« war nun auch keine Rede mehr.

»Das wird das Tor des Jahres, würde ich mal so ganz bescheiden behaupten«, bemerkte Bob, als sie unter dem Beifall der Menge die Außenlinie erreicht hatten.

»Zufall«, erwiderte Tim.

»Großer Irrtum! Außerdem sorge ich damit für ein faires Spiel. Ohne den kleinen Vorsprung hätten die Chinesen ja überhaupt keine Chance.«

»Das wird deinen Göttern aber gar nicht gefallen.«

»Das sind Götter, die können das ab.«

»Apropos Götter – redet ihr zwei da gerade zufällig von uns?«, mischte sich Snyder über den Kopfhörer in das Gespräch der Jungs ein. »Angela und ich haben euren Auftritt im Fernsehen verfolgt.«

»Und? Wie waren wir?«, wollte Bob wissen. »Super, oder?!«

»Zauberhaft, ganz zauberhaft«, klinkte sich jetzt auch die Chefin des S.W.A.P. ein. »Aber wir haben euch nicht nach Peking geschickt, damit ihr dort die Clowns spielt, sondern damit ihr die Augen offen haltet.«

»Absolut! Habt ihr schon irgendetwas Verdächtiges gesehen?«, ergänzte Snyder.

»Der brasilianische Torwart ist eine Niete, sonst hätte er Bobs Kullerschuss gehalten«, bemerkte Tim und kassierte dafür einen kräftigen Prankenhieb seines Freundes. »Abgesehen davon sieht hier aber alles normal aus.«

»Hoffen wir, dass das auch so bleibt«, antwortete Snyder. »Und ab jetzt bitte keinen solchen Quatsch mehr! Denkt dran, wir können im Fernseher genau sehen, was ihr treibt.«

Bob und Tim winkten in eine Kamera, die vor ihnen stand. Das Bild wurde gleichzeitig auch auf die Anzeigetafel übertragen und löste erneuten Jubel aus. Das lag auch daran, dass das Spiel auf dem Rasen hinter ihnen nicht so richtig in Gang kam. Die chinesischen Spieler bildeten an ihrem eigenen Strafraum eine Art Chinesische Mauer, um ihre unerwartete Führung gegen die Brasilianer irgendwie über die Zeit zu retten.

Währenddessen liefen Bob und Tim nebeneinander über die Tartanbahn und wedelten mit ihren Tatzen ins begeisterte Publikum. Das war eine gute Gelegenheit, um sich die Zuschauer genauer anzusehen. Außer dem irischen Fanblock gab es in dem riesigen Stadion so gut wie keine Rothaarigen. Aber wer sagte überhaupt, dass Madame Hot noch rothaarig war?, überlegte Tim. Sie konnte sich die Haare längst gefärbt haben. Seine Mutter machte das auch ständig, weshalb er sie oft gar nicht erkannte, wenn sie spätabends von der Arbeit nach Hause kam. Die Haarfarbe half ihnen im Grunde überhaupt nicht weiter, musste Tim eingestehen, auch wenn es momentan die einzige Spur war, die sie hatten. In der Menge das Gesicht auf dem Foto wiederzuerkennen war angesichts der vielen Zuschauer im Stadion völlig unmöglich.

»Da ist sie!« Bob stieß Tim erneut seine Pandapranke in die Seite.

»Wo?« Tim blickte in die Richtung, in die auch sein Freund schaute, konnte dort aber keine Madame Hot erkennen. »Ich sehe sie nicht!«

»Na, da vorne.« Bob deutete auf ein Mädchen, das in der zehnten Reihe saß und sich das Spiel anschaute. Obwohl sie mit ihren asiatischen Gesichtszügen kaum von den Zuschauern um sie herum zu unterscheiden war, erkannte auch Tim sie sofort: Hoka Hay.

»Komm, wir sagen ihr kurz Hallo.« Bob kletterte bereits über den Zaun, der die Besucher vom Innenraum des Stadions trennte. Wieder brandete Jubel auf, weil er dabei aussah wie ein Panda, der versucht, aus seinem Gehege zu fliehen.

»Gute Idee! Dann kann sie uns auch endlich unsere Belohnung auszahlen, um die sie uns bei der Operation Deep Water betrogen hat«, erklärte Tim und stieg hinterher.

Es dauerte eine Weile, bis die Jungs in der zehnten Reihe angekommen waren, weil die begeisterten Zuschauer immer wieder am Fell ihrer Verkleidungen zupften oder Autogramme haben wollten. Wieder andere bestanden darauf, zur Erinnerung an diesen besonderen Tag ein Handyfoto mit dem Panda und dem Chow-Chow zu machen. Zum Glück waren die gequälten Grimassen, die Bob und Tim unter ihren Kostümköpfen schnitten, auf den Displays nicht zu sehen. Endlich hatten sie es geschafft und standen vor dem Ninja-Mädchen, das ihre schwarze Uniform für das Eröffnungsspiel gegen ein kurzes Kleid getauscht hatte. Ihre langen schwarzen Haare wurden wie immer von einem Band mit asiatischen Schriftzeichen gebändigt.

»Klar erkenne ich euch«, erwiderte Hoka Hay. »Ihr seid doch die beiden Anfänger, die mir geholfen haben, den verrückten Hazweio zu stoppen: *Die Faust* und *Big Brain*. So viel anders seht ihr in eurer albernen Verkleidung auch nicht aus.«

Tim war kurz davor, vor Wut zu explodieren.

»Wenn du kein Mädchen wärst, dann ...« Tim brach seine Drohung ab, weil er einsah, wie lächerlich sie war. Hoka Hay war seit frühester Kindheit in allen existierenden Kampfkünsten trainiert worden.

»Was dann ...?«, fragte das Ninja-Mädchen und setzte ihr süßestes Lächeln auf. »Kläffst du dann, oder knurrst du nur?«

»Das wirst du gleich sehen, wenn ...« Weiter kam Tim nicht, weil genau in diesem Augenblick vom Rasen entsetzte Rufe zu hören waren. Auch auf den Besucherrängen schrien die Menschen vor Schreck laut auf, und als Bob und Tim sich umdrehten, sahen sie es mit eigenen Augen: Das ganze Spielfeld stand in Flammen.

KAPITEL ACHT HEIẞE DROHUNGEN

Kopflos rannten die Spieler über den brennenden Rasen, während die Flammen ihnen bereits an den Stutzen emporzüngelten. Zwei brasilianische Verteidiger, deren Fußballschuhe in Brand geraten waren, retteten sich in den Wassergraben der Hindernisläufer hinter ihrem Tor. Ein paar Männer versuchten, mit Feuerlöschern die Flammen zu ersticken, aber das war bei der großen Fläche mit den kleinen Geräten völlig unmöglich. Von dem kleinen Chinesen im weißen Anzug war nichts mehr zu sehen. Er war einer der Ersten gewesen, die sich durch den Kabinengang nach draußen gerettet hatten.

»Keine Zeit«, erwiderte Tim. Hoka Hay war schon aufgesprungen und stürmte die Stufen zum Spielfeld hinunter. »Wir melden uns später.«

»Ich will jetzt sofort eine Erklärung! Das ist eure absolute Pflicht als Agenten des ...«

Bob und Tim sahen sich kurz an, dann nahmen sie ihre Kopfhörer aus den Ohren, damit Snyder ihnen nicht mehr dazwischenquatschen konnte. Sie folgten dem Ninja-Mädchen, das sich genau wie die Jungs gegen den Strom der fliehenden Zuschauer kämpfen musste und deswegen nur langsam vorwärtskam. In ihrer Panik schenkten die Menschen dem Panda und dem Chow-Chow keine Beachtung. Niemand wollte mehr ein Autogramm oder ein Foto von ihnen. Die Leute wollten einfach nur raus aus dem Stadion.

Hoka Hay hatte gerade den Zaun erreicht, da erschien auf der Anzeigetafel ein Gesicht. Es gehörte einer Frau mit roten Haaren, die sich ihren rechten Zeigefinger vor die Lippen hielt, als wolle sie wortlos um Ruhe bitten. Sofort breitete sich in der ganzen Arena eine unheimliche Stille aus. Die Besucher, die eben noch zu den Ausgängen geflüchtet waren, blieben stehen und schauten atemlos auf die Tafel. Auch die Männer mit den Feuerlöschern unterbrachen ihre vergeblichen Löschversuche und starrten genauso wie die Spieler, die sich auf die Laufbahn gerettet hatten, gebannt auf die dicke Rothaarige mit der gleichfarbigen Augenmaske. Sie hatte immer noch keinen Ton gesagt, paffte dafür mittlerweile aber an einer Zigarette, die in ihrem linken Mundwinkel klemmte und schon zur Hälfte heruntergebrannt war.

Als die drei über den Zaun gestiegen waren und zwischen den Spielern auf der Tartanbahn standen, brach Madame Hot endlich ihr Schweigen, mit dem sie – da war Tim sich sicher – nur die Spannung hatte steigern wollen.

»Es tut mir leid, dass ich euer kleines, albernes Spielchen unterbrechen musste«, begann sie, ohne dabei ihre Zigarette aus dem Mund zu nehmen. »Aber ich hatte den Eindruck, die beiden Mannschaften könnten ein bisschen Anfeuerung gebrauchen.« Madame Hot stieß einen heiseren Lacher aus, der in einen ekligen Raucherhusten überging. Erst als sie sich wieder beruhigt hatte, fuhr sie fort. »Kleiner Scherz. Was ihr hier gerade gesehen habt, war nur ein winziger Vorgeschmack auf das, was euch erwartet, wenn eure Regierungen meine bescheidenen Forderungen nicht erfüllen. Ich darf euch versichern: Dagegen ist ein angebranntes Eröffnungsspiel nichts, gar nichts, weniger als nichts. Ich werde Feuer vom Himmel regnen lassen und die ganze Welt in einen gigantischen Aschenbecher verwandeln.« Um ihre Drohung zu unterstreichen, nahm Madame Hot ihre Zigarette aus dem Mund und schnippte die Asche in Richtung der Kamera. »Ein Wink von mir genügt, um alle Vulkane dieser Welt auf einmal zum Ausbruch zu bringen. Lava wird die Erde überziehen, Rauch den Himmel verdunkeln und die Sonne nur noch in eurer Erinnerung existieren. Die Früchte auf euren Feldern werden verdorren und eure Flughäfen geschlossen bleiben, und das nicht nur für ein, zwei Wochen, sondern für immer! Doch dazu muss es nicht kommen. Nicht, wenn mir eure Regierungen bedingungslos ihre Herrschaft übertragen. Und mir Thomas Snyder ausliefern. Ich frage euch: Ist das zu viel verlangt?« Madame Hot blickte in die Kamera, als erwarte sie von ihren Zuhörern tatsächlich eine Antwort. Als keine Reaktion kam, fuhr sie enttäuscht fort. »Um meiner Forderung Nachdruck zu verleihen, werde ich in Kürze ein paar kleinere Vulkane ausbrechen lassen. Ich sage natürlich nicht, welche, denn dann wäre es ja keine Überraschung mehr.« Auf dem Bildschirm erschien das Bild eines Vulkankegels, aus dem dichte Rauchwolken quollen und immer wieder Feuerblitze zuckten.

Um ihre Entschlossenheit zu demonstrieren, nahm Madame Hot die Zigarettenkippe und drückte sie auf der Innenfläche ihrer Hand aus, ohne dabei auch nur eine Miene zu verziehen. Zum Schluss schenkte sie der Welt noch einmal ihr teuflisches Lächeln. Dann verschwand ihr Bild, und auf der Tafel war wieder das Bild der Stadionkamera zu sehen, das einen Panda und einen Chow-Chow neben einem Mädchen in einem kurzen Kleid zeigte.

Die Stille, die während der Rede geherrscht hatte, hielt noch genau drei Sekunden an, dann brach endgültig Panik aus. Besucher, Spieler, Trainer, Schiedsrichter und Feuerwehrleute stürmten zu den Ausgängen, als befürchteten sie, dass auch auf dem Spielfeld im nächsten Moment ein Vulkan ausbrechen würde.

Tim dagegen stand ganz ruhig, während um ihn herum das Chaos ausbrach, und beobachtete sich selbst auf der Videotafel, wie er tief in Gedanken versunken mit seiner Pfote das rechte Plüschohr seines Hundekostüms zu kneten versuchte.

»Was will die denn von Snyder?«, fragte Bob verdutzt.

»Alle wollen Snyder, noch nicht mitbekommen?«, erwiderte Hoka Hay, die die seltsame Forderung überhaupt nicht zu überraschen schien.

»Wir müssen runter in den Heizungskeller«, erklärte Tim schließlich und sah Bob und Hoka Hay an, als erübrigten sich alle weiteren Erklärungen.

»Sag nicht, dir ist kalt?«, fragte Bob, dem unter seinem Pandafell furchtbar heiß war.

»Nein, *Big Brain* hofft, dass der Keller so eine Art Bunker ist, in dem er sich verkriechen kann, wenn hier gleich ein Vulkan ausbricht«, bemerkte Hoka Hay und grinste Tim herausfordernd an.

»Der Kandidat hat null Punkte.« Tim grinste genauso herausfordernd zurück. »Rund um Peking gibt es nämlich gar keine Vulkane.«

»Woher willst du das wissen?«, fragte Hoka Hay.

»Ich bin *Big Brain*, ich weiß so was. Und ich weiß auch, wie Madame Hot den Rasen in Brand gesetzt hat. Falls euch das ebenfalls interessiert, folgt mir einfach.«

Der Gang, durch den sie den Innenraum des Stadions verließen, führte sie zu den Spielerkabinen. Sicherheitskräfte oder Offizielle waren keine mehr zu sehen, die waren zusammen mit den Zuschauern geflohen, und auch aus den Umkleidekabinen war kein Laut zu hören. Die Spieler hatten angesichts der brenzligen Lage aufs Duschen und Umziehen verzichtet und waren direkt in ihren Mannschaftsbus gestiegen, der jetzt mit Vollgas zurück zu ihrem Hotel raste.

Die Katakomben des Stadions lagen völlig verlassen da. Es gab niemanden, den sie nach dem Weg zum Heizungskeller hätten fragen können, und auch das S.W.A.P.-Book war keine Hilfe, weil sie so tief unter dem Beton der Tribünen keinen Empfang hatten. Das merkte Bob, als er versuchte, über den Kopfhörer Kontakt mit der Zentrale aufzunehmen.

»Jetzt verrat uns endlich, was du in dem blöden Heizungskeller willst!«, verlangte Hoka Hay, während sie die Gänge entlangliefen und dabei immer wieder Türen aufstießen, um zu sehen, was dahinterlag.

»Das sag ich euch, wenn wir da sind«, erwiderte Tim, der sich vergeblich gegen eine verschlossene Eisentür stemmte.

Nach Bobs Schuss war die Tür verschwunden und sie konnten ungehindert den Raum betreten. Es war aber nicht der Heizungskeller, sondern nur ein Fitnessraum in dem einige verstaubte Trainingsgeräte standen.

»Da kannst du noch ein bisschen üben. Dann klappt es auch mit dem Türeintreten«, bemerkte Tim.

»Mach Platz, du Chow-Chow! Sonst übe ich gleich an dir.« Hoka Hay strich sich sauer eine Haarsträhne aus der Stirn.

»Hey, nicht streiten! Wir sind schließlich auf derselben Seite. Und zwar auf der Seite der Guten! Sind wir doch, oder?«, bemühte sich Bob, zwischen den beiden zu vermitteln.

»Nur wenn sie uns diesmal nicht wieder übers Ohr haut«, erwiderte Tim.

»Keine Sorge, wenn Operation Flammendes Inferno vorbei ist, kriegst du einen dicken, fetten Knochen von mir«, entgegnete Hoka Hay.

»Woher weißt du von Operation Flammendes Inferno?« Tim blickte Hoka Hay überrascht an.

»Glaubt ihr wirklich, der S.W.A.P. vertraut die Rettung der Welt allein einem putzigen Panda und einem bissigen Chow-Chow an? Hinter Madame Hot sind noch mehr her«, erwiderte das Ninja-Mädchen. »Und jetzt lasst uns weitersuchen. Ich will endlich wissen, warum du so heiß auf den Heizungskeller bist.«

Auch die nächsten verschlossenen Türen öffnete Bob auf dieselbe Weise, bis die Akku-Anzeige des Atomisators von Dunkelgelb über Dunkelorange auf Dunkelrot umsprang.

»Das Ding ist so gut wie leer«, erklärte Bob. »Da ist höchstens noch ein Schuss drin.«

»Macht nichts. Wir haben gefunden, was wir suchen.« Tim zeigte auf eine Metalltür, die halb offen stand. In dem Raum dahinter befanden sich mehrere Heizkessel und ein Mann in einem grauen Kittel, der sich erschrocken umdrehte, als er die drei kommen hörte.

Dann ging alles ganz schnell. Der Hausmeister stand auf und stürzte sich ohne Vorwarnung auf die Jungs und das Mädchen.

In der rechten Hand hielt er einen schweren Schraubenschlüssel. Doch ehe er die Jungs erreicht hatte, war Hoka Hay schon dazwischengesprungen, bereit, den Angreifer mit einem gezielten Handkantenschlag zu entwaffnen und außer Gefecht zu setzen. Bob riss instinktiv den Atomisator in die Höhe.

»Nicht schießen! Wir brauchen ihn als Zeugen!«, brüllte Tim, aber da war es bereits zu spät.

Bob hatte abgedrückt – genau in dem Augenblick, als das Ninja-Mädchen zwischen ihm und dem Hausmeister stand. Für eine Hundertstelsekunde blickte Hoka Hay sich um und sah verwundert in Bobs Augen. Dann war sie – ***ZISCH*** – auch schon verschwunden.

KAPITEL NEUN
FLUCHT VOR DER FEUERWALZE

Der Mann in dem grauen Kittel ließ den Schraubenschlüssel fallen und wollte an den Jungs vorbei aus dem Heizungskeller flüchten. Um ihn zu stoppen, warf Tim sich ihm in den Weg. Doch das war gar nicht so einfach, weil ihn sein flauschiges Chow-Chow-Kostüm behinderte. Die zwei rollten über den Boden und rangen miteinander.

»Hilf mir, Kampfpanda!«, brüllte Tim. »Worauf wartest du noch? Mach schon!«

Bob rührte sich nicht. Er hatte den leer gefeuerten Atomisator in der Hand und starrte völlig apathisch auf die Stelle, an der Hoka Hay eben noch gestanden hatte. Wie ein Kampfhund, der sich mit den Zähnen im Fleisch seines Gegners festbeißt, krallte sich Tim, so gut es ging, an den Ärmel des Hausmeisterkittels. Der Mann schlug wild um sich, doch Tim ließ einfach nicht locker. Auf Bob konnte er diesmal nicht zählen. Der stand immer noch wie betäubt da und schien den Kampf, der keine zwei Meter neben ihm tobte, nicht einmal zu bemerken. Tim spürte, wie der Mann versuchte, sich aus dem Kittel zu winden. Um ihn aufzuhalten, schlug er jetzt auch seine Zähne in den Ärmel. Aber er erwischte nur den Stoff, und im nächsten Augenblick gelang es dem Hausmeister, seine Jacke abzustreifen. Er sprang auf und rannte hinaus auf den Gang. Tim zögerte einen Moment, ob er den Mann verfolgen sollte oder ob es nicht besser war, sich um Bob zu kümmern. Tim entschied sich für seinen Freund.

»Alles okay mit dir?«, fragte Tim besorgt und wischte Bob mit dem grauen Hausmeisterkittel die Schweißperlen aus dem Gesicht, die nicht nur von der Hitze kamen.

»Ich habe sie atomisiert! Ich habe Hoka Hay verschwinden lassen«, stammelte Bob.

»Das hat sie mit uns auch mal gemacht. Schon vergessen? Damals in dem Freibad«, erwiderte Tim. »Mein Mitleid hält sich in Grenzen, und jetzt zeig ich dir, wie der Mistkerl den Rasen in Brand gesetzt hat.«

Tim zog seinen Freund zu einem der riesigen Heizkessel. In großen Buchstaben stand dort RASENHEIZUNG – auf Deutsch, weil der Hersteller irgendwo aus der Nähe von Stuttgart kam. Der Kittelträger hatte die Anlage manipuliert, das sah sogar Tim, der sich mit Maschinen sonst nicht so gut auskannte. Aus einer offenen Klappe ragten abgeschnittene Kabel heraus, und der Kessel rumpelte und pfiff, als wäre er kurz davor, zu explodieren. Auf einer Art Armaturenbrett blinkten hektisch rote und orangefarbene Lämpchen. Daneben war eine Temperaturanzeige. Der grün gekennzeichnete Normbereich lag bei etwa zwanzig Grad. Jetzt stand der Zeiger ganz rechts am Anschlag bei über hundert Grad, und das auch nur, weil die Skala bei dem Wert hundert endete.

»Siehst du?! Genau, wie ich vermutet hatte. Der Kerl arbeitet für Madame Hot. Er hat das Spielfeld mit der Rasenheizung hier unten in Brand gesetzt.« Tim drehte sich zu Bob um, der einen Schritt hinter ihm stand und angesichts der immer stärker zitternden Anlage langsam wieder zu sich kam. »Kannst du das reparieren? Sonst fliegt uns das Ding noch um die Ohren.«

»Ich würde es einfach abschalten.« Bobs Stimme klang immer noch matt, aber zumindest reagierte er wieder, wie Tim erleichtert feststellte. Er war sich sicher gewesen, dass nur ein handfestes Problem seinen Freund aus dessen emotionalen Schockstarre lösen konnte. Fast war er sogar dankbar dafür, dass die Geräusche aus dem Heizkessel vor ihnen immer bedrohlicher wurden.

»Und warum tust du es dann nicht?«

»Weil das Gerät keinen Ausschalter mehr hat. Der Mistkerl hat den alten ausgebaut, damit ihn keiner stoppen kann.« Bob zeigte auf ein herausgerissenes Modul, das seitlich aus der Anlage hing und Tim bisher noch gar nicht aufgefallen war.

»Kannst du den nicht wieder einbauen?«

»Schon, aber …«

»Was ›aber‹?«

»Dafür wird die Zeit nicht mehr reichen«, erwiderte Bob und zog Tim schnell aus dem Kellerraum. Als sie den Flur erreicht hatten, brüllte Bob: »Lauf!«, und rannte los.

Tim und Bob sprinteten, so schnell es ihre unförmigen Kostüme ihnen erlaubten. Das war nicht besonders schnell, und so gelang es ihnen kaum, den Abstand zwischen sich und der Feuerwand in ihrem Rücken zu vergrößern. Im Gegenteil. Bob spürte schon das Züngeln der Flammen im Rücken, und Tim hielt verzweifelt Ausschau nach einer Nische, in der sie sich verkriechen konnten, um die Feuerwalze an sich vorbeirasen zu lassen.

Tim verfluchte sich selbst, weil sie bei ihrer Flucht aus dem Heizungskeller die falsche Richtung gewählt hatten. Wären sie nach links gelaufen, hätten sie sich jetzt in einen der Räume retten können, die sie auf ihrer Suche mit dem Atomisator geöffnet hatten. Sie aber waren nach rechts geflohen und rannten nun an unzähligen verschlossenen Türen vorbei. Den Jungs blieb nicht die Zeit, um anzuhalten und sie zu öffnen. Sie hatten keine andere Wahl, als weiterzurennen. Jeder Stopp, jedes Zögern würde bedeuten, dass die Feuerwalze einfach über sie hinwegrollte.

Tim hatte am Ende des Gangs einen Lichtschein entdeckt, der einen Funken Hoffnung versprach. Es waren nicht die Deckenlampen, sondern flimmernde Sonnenstrahlen. Wenn sie es bis dahin schafften, hätten sie eine minimale Chance, zu überleben. Da vorne musste irgendwo ein Ausgang sein.

Atemlos zeigte Tim zu dem schmalen Streifen Licht. Bob verstand sofort, und gemeinsam mobilisierten sie ihre letzten Kräfte, um das Rennen gegen die Flammen zu gewinnen. Plötzlich stieg den Jungs ein ekliger Geruch in die Nase: Es was der Gestank versengter Haare, weil ihre Kostüme bereits an drei, vier Stellen Feuer gefangen hatten. Die Jungs beschleunigten ein letztes Mal, dann hatten sie endlich die Lichtquelle erreicht. Dort ging rechts ein breiter Gang ab, der direkt hinaus aufs Spielfeld führte. Tim riss Bob am Ärmel zur Seite und hinaus ins Freie, als die Feuerwand auch schon hinter ihnen den Flur entlangschoss und alles versengte, was sich ihr in den Weg stellte.

Die nächsten Sekunden waren die Jungs damit beschäftigt, sich gegenseitig die Flammen auf ihren Rücken auszuklopfen. Sie hatten Glück gehabt, dass sich das Feuer auf ihrem Fell nicht schneller ausgebreitet hatte. Haare hatte ihre Verkleidung keine mehr. Die waren alle verschmort oder verbrannt, aber das war egal. Sie würden ihre Kostüme sowieso nicht mehr brauchen.

»Du siehst aus wie ein Hotdog«, bemerkte Bob grinsend, als sie völlig erschöpft auf der Tartanbahn saßen und dabei zusahen, wie die Südtribüne des Stadions in Flammen aufging. Unaufhaltsam fraß sich das Feuer aus dem Keller in die Höhe. Es ließ die Plastikschalen der Sitze verschmoren und die Metallgeländer schmelzen.

Es war eine seltsame Stimmung. Sie waren die einzigen Menschen in dem verlassenen Stadion, und es blieb ihnen gar nichts anderes übrig, als dem Feuer bei seiner zerstörerischen Arbeit zuzusehen. Sie konnten nichts dagegen tun. Traurig machte sie das trotzdem nicht. Dazu waren sie noch viel zu glücklich, die Explosion im Heizungskeller überlebt zu haben.

»Hotdog?!«, erwiderte Tim grinsend und fing an, sich aus den

Resten seines nach Rauch stinkenden Chow-Chow-Kostüms zu pellen. »Du siehst aber auch nicht gerade bärig aus. Komm! Es wird Zeit, dass wir hier verschwinden.«

In der Ferne waren jetzt endlich auch Feuerwehrsirenen zu hören, die sich aber nur sehr langsam näherten. Tim vermutete, dass die Wagen nicht durchkamen, weil sich die Autos der panisch geflohenen Besucher des Eröffnungsspiels auf sämtlichen Fahrspuren stauten.

»Hat irgendwie auch sein Gutes. Ich meine, das mit Hoka und dem Atomisator. Da war sie in Sicherheit, als hier die Hölle ausbrach«, nahm Bob ihre kurze Unterhaltung von vorhin wieder auf. »Ich wüsste aber schon gern, wo sie gelandet ist.«

»Schön, dass du das mittlerweile so siehst. Pandas sind ja auch berühmt für ihre positive Einstellung zum Leben.«

»Es hat sich ausgepandat«, erwiderte Bob und zog sich sein Kostüm über den Kopf. »Was willst du eigentlich damit?« Er deutete auf den grauen Kittel, den sein Freund immer noch in der Hand hielt. »Ist das so eine Art Trophäe? Willst du dir den zu Hause an die Wand hängen?«

Tim sah überrascht auf seine Hand. Er hatte gar nicht gemerkt, dass er den Kittel während ihrer Flucht vor dem Feuer die ganze Zeit fest umklammert gehalten hatte. Er hielt ihn in die Höhe und betrachtete ihn neugierig von allen Seiten.

»Schau mal hier! Da steht ein Name und eine Firma«, sagte Tim und las laut vor: »›Oliver Warm, Institute of Vulcanology, Reykjavík.‹«

»Meinst du, da in der Nähe gibt es irgendwo eine Shuttle-Haltestelle?«, fragte Bob.

»Nicht das ganze«, mischte sich Bob ins Gespräch ein, nachdem er seine Kopfhörer ebenfalls wieder eingesetzt hatte. »Bis jetzt brennt nur die Südtribüne. Aber das kann sich natürlich noch ändern. Außerdem waren wir das gar nicht. Das war Oliver Warm.«

»Wer zum Henker ist Oliver Wurm?«, brüllte Snyder.

»Warm, nicht Wurm«, korrigierte Tim. »Er ist ein Mitarbeiter des Institute of Vulcanology in Reykjavík und hat die Rasenheizung so hochgedreht, dass das Spielfeld Feuer gefangen hat. Aber eigentlich wollten wir Sie nur fragen, ob es da oben einen Shuttle-Ausstieg gibt?«

»Ich bin doch nicht eure Fahrplanauskunft!«, schimpfte Snyder weiter. »Und überhaupt! Warum habt ihr diesen Wurm nicht aufgehalten, wenn der so gefährlich ist?«

»Der Akku des Atomisators war alle«, erklärte Bob. »Das lag daran, dass ...«

»... dass ihr die arme Hoka Hay nach Australien atomisiert habt. Ich weiß, sie hat sich schon in der Zentrale gemeldet und über euch beschwert.«

»Geht es ihr gut?«, erkundigte sich Bob.

»Gut genug, um ihre Rache zu planen. Ich soll euch ausrichten, es wäre ihr völlig egal, ob Pandas unter Naturschutz stehen oder nicht, und gegrillter Chow-Chow süßsauer sei ihr absolutes Lieblingsgericht«, erwiderte Snyder. »An eurer Stelle würde ich um die Kleine in der nächsten Zeit einen großen Bogen machen. Sie ist stinksauer auf euch. Wenn ihr mich fragt, absolut zu Recht! Was ich bei der ganzen Sache nur nicht verstehe, ist, warum ihr nicht den Laserring benutzt habt, den die Chefin euch gegeben habt, um diesen Wurm aufzuhalten?«

Bob und Tim sahen sich an: Den Ring hatten die beiden vor lauter Aufregung glatt vergessen.

Für kurze Zeit war es in der Leitung ganz still, mal abgesehen vom Heulen der sich nähernden Feuerwehrsirenen und dem Knistern des Feuers, das sich langsam von der Süd- auf die Westtribüne des Stadions ausbreitete.

»Amateure«, brummte Snyder und seufzte tief, bevor er fortfuhr: »Es gibt übrigens tatsächlich einen Shuttle-Halt in Reykjavík. Aber da könnt ihr nicht hin. Dort ist gerade ein Vulkan ausgebrochen. Es wäre absolut unverantwortlich, euch da hinzuschicken.«

»Hören Sie schon auf, Snyder«, entgegnete Tim. »Gefährlich ist unser zweiter Vorname.«

»Sie kennen doch unser Motto«, ergänzte Bob. »No risk …«

»… absolut no fun«, vervollständigte Snyder und klang dabei fast ein wenig wehmütig, so als erinnerte er sich an seine eigene Zeit als junger Agent. »Aber seid vorsichtig! Ihr habt ja keine Ahnung, was das für einen Papierkram bedeutet, wenn einem Mitarbeiter des S.W.A.P. im Einsatz etwas passiert.«

»Danke für Ihr Mitgefühl, aber keine Sorge, wir passen schon auf. Wir wollen Ihnen ja keine Arbeit machen«, erklärte Tim. Dann machten er und Bob sich über den verkohlten Rasen auf den Weg zum Kugelstoßring. »Außerdem müssen wir schließlich verhindern, dass man Sie nicht doch noch Madame Hot ausliefert.«

»Wenn ich nicht in diesem absolut dämlichen Rollstuhl sitzen würde, hätte ich mich längst schon selbst ausgeliefert, um diese Verrückte zu stoppen«, schimpfte Snyder.

»Kennen Sie diese Madame Hot eigentlich irgendwoher?«, erkundigte sich Tim.

»Was soll denn die Frage?«, entgegnete Snyder beleidigt.

»Na, weil diese Feuerlady so scharf auf Sie ist«, erwiderte Bob.

»Unsinn! Wie kommst du denn darauf? Frauen, die sich für mich interessieren, sind jünger und schlanker und hübscher und …«

Aber da hörten die beiden Jungs schon gar nicht mehr richtig zu, weil sie bereits zu ihrem Shuttle hinunterstiegen.

Kapitel Zehn
Schlechte Nachrichten

»Da ist übrigens noch etwas, was ich euch sagen wollte«, meldete sich Snyder erneut, als Bob und Tim schon startbereit in ihrer Kapsel saßen.

»Lassen Sie mich raten«, bemerkte Tim. »Sie wollen uns einfach mal loben.«

»Und uns sagen, dass wir eine tolle Arbeit für den S.W.A.P. machen, und uns deshalb für einen Orden vorschlagen«, schlug Bob vor.

Auf der anderen Seite war nur ein lautes, herzhaftes Lachen zu hören, das nach kurzer Zeit in ein schmerzhaftes Stöhnen überging, weil der Top-Agent des S.W.A.P. immer noch an den Folgen seines Unfalls litt.

»Den muss ich unbedingt Angela erzählen. Orden!«, erklärte Snyder, als er sich endlich wieder beruhigt hatte. »Ihr zwei kriegt höchstens einen Karnevalsorden.«

»Was wollten Sie uns denn dann sagen?«, fragte Tim ungeduldig, damit Snyder nicht wieder auf ihre Verkleidung anspielte.

»Ich wollte euch warnen: Es ist nämlich nicht nur Hoka hinter euch her. Der brasilianische Geheimdienst hat auch noch ein Hühnchen mit euch zu rupfen.«

»Das kannst du ihnen erklären, wenn du sie triffst. Falls du noch Zeit dafür hast«, bemerkte Snyder trocken. »Aber keine Sorge. Meistens sind die brasilianischen Kollegen absolut leicht zu erkennen: Sie tragen grün-gelbe Trainingsanzüge und gleichfarbige Flipflops. Und jetzt wünsche ich euch eine gute Reise nach Island. Nutzt die Fahrt und schaut mal in euer S.W.A.P.-Book. Ich habe euch da ein Update draufgespielt, damit ihr Bescheid wisst, was in der Zwischenzeit alles passiert ist. Ende und raus!«

Als sich das Shuttle in Bewegung setzte und in den Tunnel vor ihnen eintauchte, zog Tim das S.W.A.P.-Book aus der Tasche. Er strich mit dem Zeigefinger über das Display, um das Gerät aus seinem Ruhemodus zu wecken. Auf dem Desktop blinkte eine Datei mit dem Namen »Update« auf. Tim hielt den kleinen Bildschirm so, dass auch Bob, der vor ihm saß, alles bequem erkennen konnte. Dann tippte er auf den Dateinamen und startete das Video, das Snyder ihnen hochgeladen hatte.

Nach dem kurzen Werbespot für schusssichere Westen, den die Jungs schon in der S.W.A.P.-Zentrale gesehen hatten, erschienen auf dem Display die Bilder eines traumhaften Strandes, auf dem sich Zehntausende von Menschen versammelt hatten. Sie wirkten alle ziemlich wütend, und viele von ihnen hielten Transparente und selbst gebastelte Galgen in die Höhe, an denen schwarz-weiße Pandapuppen baumelten.

»Das da dürfte die Copacabana sein«, erklärte Tim.

»Die Copacaba-*was?*«, fragte Bob verständnislos.

»So heißt der berühmte Strand von Rio.« Tim stoppte den Film und zeigte auf die gruseligen Pandaplakate, die die Menschen in die Höhe hielten. »Und das da sollst wahrscheinlich du sein.«

»Ich wollte das Spiel doch nur ein bisschen spannender machen«, sagte Bob, der ganz blass geworden war. »Die Brasilianer hätten doch sowieso gewonnen!«

»Hätte, hätte, Viererkette«, erwiderte Tim und ließ den Film weiterlaufen.

Die nächsten Aufnahmen stammten aus Peking, wo die Menschen auf den Straßen den Sieg über die Brasilianer feierten, obwohl man am Horizont die Rauchwolke des brennenden Olympiastadions erkennen konnte.

»Da kannst du Asyl beantragen, die nehmen dich sicher auf«, erklärte Tim grinsend. »Die lieben Pandas!«

Bob grunzte schlecht gelaunt, weil ihm die Aussicht, den Rest seines Lebens in einem chinesischen Zoo verbringen zu müssen, ganz und gar nicht gefiel.

Nach den fröhlichen Feierbildern aus China war eine Politikerin zu sehen, die hinter einem großen Schreibtisch saß und staatstragend in eine Kamera sprach. Mit ernster Miene versicherte sie, dass die Regierungen dieser Welt unter gar keinen Umständen auf die Forderungen von Madame Hot eingehen würden. An der Wand hinter der Frau hing die Fahne der Niederlande. Tim war sich ziemlich sicher, dass es dort nicht einen einzigen Vulkan gab. Die Frau hatte gut reden. Danach folgten in einer wilden Collage ganz ähnliche Bilder von anderen Politikern, die sich genauso äußerten. Das Einzige, was sich änderte, waren die Größe der Schreibtische und die Fahnen im Hintergrund. Selbst die Länder, in denen es Vulkane gab, waren nicht bereit, sich von einer rothaarigen Kettenraucherin erpressen zu lassen.

»Die sind sich ja alle erstaunlich einig«, erklärte Bob, als der fünfundzwanzigste Politiker an der Reihe war. »Spul mal vor, das wird allmählich langweilig.«

»Die verlassen sich halt alle darauf, dass wir diese rothaarige Feuerspuckerin rechtzeitig stoppen.« Tim wischte kurz über das Display, um zu einer spannenderen Stelle zu springen.

Jetzt wurde der Ausbruch eines Vulkans gezeigt. Es war derselbe, der auch auf der Anzeigetafel im Stadion zu sehen gewesen war. Aus der Krateröffnung quoll dunkelgrauer Rauch, und an den Hängen wälzten sich breite Lavameere hinab, die sich immer weiter ins Land schoben. Mit Erleichterung bemerkten die Jungs, dass im Umkreis des Vulkans weit und breit keine menschliche Siedlung zu erkennen war. Madame Hot hatte sich zum Glück einen vergleichsweise harmlosen Ort ausgesucht, um ihre zerstörerische Macht zu demonstrieren. Aber dabei würde es nicht bleiben, da waren sich Bob und Tim sicher.

»Was machen wir eigentlich, wenn wir in Island ankommen?«, wollte Bob wissen.

»Wir steigen aus und schauen uns ein bisschen um«, erwiderte Tim.

»Aussteigen und ein bisschen umschauen?! Ist das dein genialer Plan? Ich hatte gehofft, du hättest dich seit der Operation Deep Water ein wenig weiterentwickelt.«

»Wozu? Mein genialer Plan hat da doch auch schon funktioniert. Außerdem bin ich ziemlich sicher, dass wir in diesem Vulkaninstitut ein paar Antworten kriegen, die uns helfen werden, Madame crazy Hot zu stoppen.«

»Ziemlich sicher ... Ist das alles, was du zu bieten hast? Das ist ziemlich wenig.«

»Aber alles, was wir haben. Also entspann dich ein bisschen und genieß die Fahrt.«

Den Rest der Reise schwiegen sie, und auch Snyder meldete sich nicht mehr über die Kopfhörer. Die Jungs saßen in ihrer blau schimmernden Kapsel und starrten hinaus, wo die schwarzen Wände des Shuttle-Tunnels an ihnen vorbeirauschten.

Bob überlegte, wie er es anstellen konnte, den Brasilianern und vor allem Hoka Hay zu erklären, dass alles nur eine Verkettung unglücklicher Umstände gewesen war. Das würden sie bestimmt verstehen, versuchte er sich einzureden, obwohl er selbst nicht daran glaubte. Hoka Hay war nicht der verständnisvolle und verzeihende Typ von Mädchen.

Tim dagegen zerbrach sich den Kopf, wie man einen Vulkan auf Knopfdruck zum Explodieren bringen konnte. Er hoffte, dass die Wissenschaftler in dem Institut ihnen weiterhelfen würden. Falls sie nicht mit Madame Hot unter einer Decke steckten ... Sie mussten vorsichtig vorgehen, und dazu benötigten sie eine unverdächtige Tarnung, um sich in dem Institut in Ruhe umsehen zu können. Es mussten ja nicht gleich wieder alberne Panda- oder Chow-Chow-Kostüme sein. Ihm würde schon etwas einfallen. Auch Tim dachte kurz an Hoka Hay, und er war heilfroh, dass nicht er es gewesen war, der sie mit dem Atomisator nach Australien geschossen hatte. Er hoffte nur, dass Hoka seinem Freund nicht wirklich wehtun würde, falls sich ihre Wege noch einmal kreuzen sollten. Sicher war er sich da aber nicht.

»Wir sind gleich da!« Es war Bob, der Tim aus seinen Gedanken riss. Vor lauter Nachdenken hatte er gar nicht gemerkt, dass ihr Shuttle bereits in die Bremsphase eingetreten war. »Ich hoffe, du hast die Zeit genutzt, um deinen genialen Plan ›Aussteigen und ein bisschen umschauen‹ ein wenig auszuarbeiten.«

»Habe ich«, erklärte Tim. »Mein Plan lautet ...«

»Da bin ich aber gespannt«, unterbrach ihn Bob.

»Aussteigen und sich im Institute of Vulcanology ein bisschen umschauen«, fuhr Tim fort. »Bist du jetzt zufrieden?«

»Geht so«, brummte Bob, als ihr Shuttle auch schon in ihrer Zielstation zum Stehen kam.

Herzlich willkommen in Island!
Hübsch und gemütlich haben Sie es hier.
Gefällt es euch? Wenn mir die Arbeit beim S.W.A.P. zu stressig wird, ziehe ich mich für eine Weile hierhin zurück. Hier oben im Norden sucht einen keiner.

KAPITEL ELF RECHERCHE IM NEBEL

Bob und Tim stiegen aus dem Shuttle, um ihren Kollegen zu begrüßen. Doch als sie nur noch ein paar Schritte von dem Sessel entfernt waren, hielt sich Otto demonstrativ die rechte Hand vor die Nase.

»Was denn?«, fragte Tim und roch prüfend an dem Ärmel seiner Jacke.

»Ihr stinkt ganz entsetzlich nach Rauch und verbrannten Haaren«, erklärte Otto und zeigte auf zwei Einkaufstüten, die neben seinem Sessel auf dem Boden standen. »Die Chefin hatte das nach dem Brand im Stadion schon befürchtet und mir ein paar frische Sachen zum Anziehen für euch mitgegeben. Der S.W.A.P. ist schließlich nicht die Abkürzung für ›Stinkende Wesen aus Peking‹.« Otto kicherte.

»Nein, sondern für ›Schlechte Witze an den Pranger‹«, erwiderte Tim und verdrehte genervt die Augen.

»Dass ich das noch erleben darf«, rief Bob begeistert. »Der S.W.A.P. schenkt uns neue Klamotten!«

»Von wegen geschenkt, das wird alles mit eurer Belohnung verrechnet. Genau wie die Kellneranzüge, die ihr damals in Venedig ruiniert habt«, erklärte Otto. »Das heißt, falls ihr überhaupt eine Belohnung bekommt. Wenn nicht, zahlt ihr es einfach in Raten von eurem Taschengeld zurück.«

Bob und Tim zuckten nur die Achseln. Sie hatten sich an die Knausrigkeit des S.W.A.P. längst gewöhnt und wollten jetzt endlich wissen, was in den Einkaufstaschen war. Neugierig schnappten sie sich die Tüten und schauten hinein: Darin waren zwei Jeans, zwei Pullover, zwei Paar Socken und Trekkingstiefel sowie zwei dicke Daunenjacken.

»Wir haben doch Sommer! Was sollen die warmen Sachen?«, fragte Bob verwundert.

»Da draußen ist es bitterkalt geworden, weil die Sonne nicht mehr durch die Aschewolken kommt, die die Vulkane ausstoßen«, erklärte Otto. »Das ist total rauchig da oben. Aber das werdet ihr ja selbst sehen, wenn ihr aus der Luke klettert.«

»Kommen Sie denn nicht mit?«, wollte Tim wissen.

»Nichts, was ich lieber täte. Nur leider, leider habe ich den Auftrag, das Shuttle unverzüglich zurück zur Zentrale zu bringen. Es wird dort schon dringend erwartet.« Otto erhob sich mit einem tiefen, bedauernden Seufzer aus seinem Sessel und klopfte den Jungs aufmunternd auf die Schulter. »Aber ich bin sicher, ihr schafft das auch ohne mich!«

»Wofür braucht der S.W.A.P. das Shuttle denn so dringend?«, fragte Tim.

»Na, weil doch durch die Aschewolken der komplette Flugverkehr lahmlegt worden ist. Jetzt kann die Chefin die Shuttles zu horrenden Preisen an reiche Reisende vermieten«, erklärte Otto.

»Aber wie sollen wir zwei dann wieder hier wegkommen?«, rief Bob ihm hinterher, weil Otto bereits in das Shuttle gestiegen war und die Kuppel der Kapsel über sich zuklappen ließ.

»Frag deinen Freund! Dem wird schon was einfallen. Der heißt ja nicht umsonst *Big Brain*«, ertönte Ottos gedämpfte Stimme hinter dem Glas, als das Shuttle auch schon startete und in wenigen Sekunden von null auf tausend beschleunigte.

Für kurze Zeit sahen die Jungs noch ein blaues Leuchten im Tunnel, dann hatte die Finsternis auch die letzte Lichtspur der Kapsel verschluckt.

»Du musst das positiv sehen«, versuchte Tim seinen Freund zu beruhigen. »Wie soll Hoka Hay ohne Shuttle oder Flieger von Australien nach Island kommen? Hier bist du in Sicherheit vor ihr.«

»Hahaha!«, erwiderte Bob.

»Und für die beleidigten Brasilianer gilt dasselbe. Lass uns die Klamotten wechseln und unseren Plan verfolgen.«

»Rausgehen und ein bisschen umschauen?«

»Nein, das wäre plump«, antwortete Tim und grinste. »Wir gehen raus und sehen uns ein bisschen im Institute of Vulcanology um. Hast du mir nicht zugehört?«

Bob und Tim zogen sich um und verstauten ihre Ausrüstung in den Taschen ihrer Daunenjacken. Dann stiegen sie die Leiter hoch, die neben dem Kamin in die Höhe führte. Der Schacht endete unter einer mit Holzlaminat verkleideten Metallplatte, die sich mühelos zur Seite schieben ließ.

Bob streckte vorsichtig seinen Kopf ins Freie.

Tatsächlich sahen die Jungs vor lauter Nebel kaum ihre Hand vor Augen. Erst als die Jungs aus dem Schacht auf die Straße geklettert waren, erkannten sie, dass sie in der Nähe einer Autobahn gelandet waren. Aufgeregtes Hupen drang gedämpft durch den Nebel zu ihnen herüber. Auf der Straße hatte sich ein Stau gebildet. Die Wagen, deren Fahrer völlig sinnlos auf die Hupe drückten, waren alle hoffnungslos überladen. Drinnen saßen dicht gedrängt ganze Familien, und auf den Dachgepäckträgern waren Matratzen und mitunter sogar Schränke festgebunden. Außerdem standen die meisten der Kofferraumdeckel offen, weil sie sich vor lauter Gepäck nicht mehr schließen ließen.

»Die armen Isländer haben aber auch echt Pech mit dem Wetter zum Ferienbeginn. Total nebelig hier«, bemerkte Bob.

»Die fahren nicht in Urlaub. Die wollen raus aus der Stadt«, entgegnete Tim.

»Wie kommst du denn darauf?«

»Weil das hier kein gewöhnlicher Nebel ist, sondern der Rauch von dem Vulkan, den Madame Hot hat hochgehen lassen. Hast du Otto nicht zugehört? Der Vulkan muss hier irgendwo ganz in der Nähe sein«, antwortete Tim und zog das S.W.A.P.-Book hervor. Er umging die Sprachsteuerung und sprang gleich zur Kartenfunktion des Geräts.

»Wie ich geahnt hatte. Der Vulkan ist gar nicht weit weg, und daher ist es nur vernünftig von den Leuten, hier schleunigst zu verschwinden.«

»Und? Sind wir auch vernünftig?«, entgegnete Bob.

»Was denkst du?«

»Ich denke: Nein.«

»Bingo Flamingo«, erwiderte Tim und marschierte in die Richtung, in der laut Angaben ihres S.W.A.P.-Books das Institute of Vulcanology liegen musste.

Otto hatte recht gehabt. Es war tatsächlich bitterkalt, und die Jungs waren froh, dass sie die Daunenjacken trugen. Bob versuchte erfolglos, über ihre Kopfhörer die Zentrale des S.W.A.P. zu erreichen, um sich und Tim auf den neuesten Stand der Entwicklung zu bringen. Auf der anderen Seite der Leitung meldete sich niemand.

»Kein Wunder, dass da keiner rangeht. Die spielen doch jetzt Taxizentrale und können sich vor Anfragen bestimmt nicht mehr retten«, sagte Tim, als sein Freund nach dem fünften Versuch aufgab. »Nur logisch, wenn da die Leitung zusammenbricht.«

Die Straßen, durch die sie liefen, waren menschenleer. Wer konnte, war längst geflohen, und wer dazu nicht mehr in der Lage war, hatte sich in seiner Wohnung verkrochen und die Fenster mit Klebestreifen abgedichtet, damit der Rauch nicht in die Zimmer drang. Das war nötig, weil der Qualm unangenehm in den Lungen brannte. Auch Bob und Tim mussten immer wieder husten. Die Jungs waren froh, als sie endlich vor dem Eingang des Vulkaninstitutes standen, das sich in einem unscheinbaren Gebäude am Ende einer kleinen Straße befand.

Tim musste dreimal läuten, ehe ihnen endlich ein Mann in einem grauen Kittel öffnete.

Bob sprang einen Schritt zurück und griff instinktiv nach dem Atomisator, obwohl sich der mit seinem leeren Akku nur noch als Wurfgeschoss eignete. Tim legte seinem Freund besänftigend die Hand auf den Arm, weil er sofort erkannt hatte, dass der Kittelträger vor ihnen nicht Oliver Warm war. Er war viel größer und älter als der Saboteur, den sie im Heizungskeller des Olympiastadions getroffen hatten.

Bob und Tim mussten rennen, um mit dem Mann Schritt zu halten.

»Wir leben gerade in phantastischen Zeiten für Vulkanologen«, erklärte der Mann, während er mit langen Schritten vor ihnen herlief.

»Das sagten Sie bereits«, bemerkte Tim.

»Das liegt nur daran, dass ich mich so freue. Mein Name ist übrigens Doktor Brandt. Brandt mit dt, falls ihr den Namen in eurem Artikel verwenden wollt.«

Sie hatten mittlerweile einen Raum erreicht, der vollgestopft war mit Computern, Monitoren und weiteren technischen Geräten, deren Zweck nicht einmal Bob erraten konnte. An der Wand gegenüber der Tür hing eine riesige Weltkarte, auf der Tausende Dioden leuchteten. Einige davon blinkten rot, andere grün, die meisten aber gelb. Tim vermutete, dass die Karte alle bekannten Vulkane dieser Erde verzeichnete, und dass es darauf nur so wenige rot leuchtende Punkte gab, beruhigte ihn ein wenig.

»Ich würde euch ja gern etwas zu trinken anbieten, aber meine Assistentin hat sich davongemacht. Sie haben sich alle davongemacht. Ich bin der Letzte, der hier die Stellung hält, dabei war unsere Forschung noch nie so spannend wie im Augenblick. Schaut mal schnell hier!« Der Mann strich sich aufgeregt durch seinen strubbeligen Bart und deutete auf zwei Punkte, die soeben von Grün auf Rot gesprungen waren. »Da sind gerade wieder zwei ausgebrochen. Einer in Afrika und einer in Amerika. Eines muss man dieser Madame Hot lassen: Sie sorgt dafür, dass jeder mal drankommt. Mittlerweile sind es schon über zwanzig Vulkane – schön gerecht über die ganze Erde verteilt.«

Bob und Tim wechselten schnell einen Blick, weil sie nicht sicher waren, ob Doktor Brandt nur leicht verrückt oder aber völlig wahnsinnig war.

»Tun Ihnen die Menschen, die da in der Gegend wohnen, denn gar nicht leid?«, fragte Tim.

»Aber natürlich tun sie das!«, erwiderte Doktor Brandt und schaute Tim empört an.

»Einerseits. Andererseits bin ich Forscher, und eine solche Gelegenheit, das Ausbrechen nicht nur eines, sondern gleich ganz vieler Vulkane in Folge zu erleben, erhält man nur ein Mal im Leben. Das müsst ihr verstehen, ich lebe für meine Wissenschaft.«

»Und bald werden Sie dafür auch sterben, wenn Madame Hot so weitermacht«, bemerkte Bob.

Aber das überging Doktor Brandt einfach und wandte sich wieder der Karte zu, die er fasziniert betrachtete. »Da! Schon wieder einer!«

Bob ließ seinen Zeigefinger an der Stirn rotieren, um zu zeigen, was er von dem Wissenschaftler hielt. Tim nickte ihm unmerklich zu, hatte aber trotzdem weiterhin die Hoffnung, von Doktor Brandt etwas zu erfahren, das ihnen helfen würde. Außerdem wussten sie immer noch nicht, in welcher Beziehung dieser Oliver Warm mit dem Vulkaninstitut in Reykjavík stand.

»Auf der Welt gibt es etwa eintausendfünfhundert aktive Vulkane. Allein hier auf Island haben wir einunddreißig davon. Dazu kommen noch unzählige, die sich unter Wasser befinden, und dann noch die, die als erloschen gelten. Aber darauf sollte man keine Wetten abschließen. Dieser Madame Hot ist es gelungen, sogar die zum Ausbruch zu bringen. Die ganze Sache ist wirklich zutiefst faszinierend!«

»Haben Sie eine Vermutung, wie sie das geschafft haben könnte?«, wollte Tim wissen, der sich schon eine Weile sein Ohrläppchen rieb, weil er angestrengt darüber nachdachte, ob dieser Doktor Brandt mit der rothaarigen Verrückten unter einer Decke steckte oder nicht. Eigentlich konnte er sich das nicht vorstellen. Dieser Doktor war einfach nur völlig besessen von seiner Arbeit.

»Ich bin mir nicht wirklich sicher, aber ich habe da einen Verdacht«, antwortete der Wissenschaftler.

»Und wie lautet der?«, erkundigte sich Bob, während er sich in dem Zimmer umsah. Er suchte nach einer freien Steckdose, um den Atomisator aufzuladen, konnte aber keine entdecken.

»Es muss irgendetwas mit dem heißen Magma im Erdmantel zu tun haben. Wenn man … Da! Schon wieder einer! Wisst ihr was?« Doktor Brandt sah die Jungs erwartungsvoll an.

Genug der Theorie! Zeit für die Praxis! Habt ihr schon mal von oben in einen Feuer speienden Vulkan geblickt?
Nein? Dann wird es höchste Zeit! Mein Heli parkt auf dem Dach. Wer zuerst oben ist, hat gewonnen!
KLONG

KAPITEL ZWÖLF
FLUG ÜBER DEN HEXENKESSEL

»Die Teile werden völlig überbewertet. Die sind schrecklich unbequem, und außerdem wird man darin fürchterlich durchgeschüttelt«, sagte Tim, der mit seinen Eltern auf dem Weg in den Urlaub schon diverse Hubschrauberrundflüge absolviert hatte. Allerdings hatte da meistens die Sonne geschienen, sodass der Pilot gute Sicht gehabt hatte. »Im Übrigen weiß ich nicht, ob das bei dem Qualm da draußen wirklich so eine gute Idee ist.«

»Du Schnösel gönnst es mir einfach nur nicht. Weil du dann nicht mehr der Einzige von uns beiden bist, der schon mal in einem Hubschrauber geflogen ist.«

»Meinetwegen«, erwiderte Tim. »Aber sag später nicht, ich hätte dich nicht gewarnt.«

Bob und Tim holten den Vulkanforscher erst ein, als der bereits den fünften Stock erreicht hatte. Die Stufen endeten vor einer schweren Eisentür. Doktor Brandt riss sie auf und lief hinaus auf das Flachdach des Gebäudes, in dem das Institute of Vulcanology beheimatet war. Sofort drang beißender Rauch in das Treppenhaus und ließ die Jungs erneut husten. Bob und Tim hielten sich die Ärmel ihrer Daunenjacken vor Mund und Nase, um ihre Lungen vor dem Qualm zu schützen. Auch hier oben vernebelten die Aschewolken des Vulkans die Luft, sodass die Jungs nur ein paar Meter weit sehen konnten. Den Helikopter entdeckten sie deswegen erst auf den zweiten Blick, obwohl er keine zehn Schritte von ihnen entfernt geparkt war. Doktor Brandt saß bereits an Bord der Maschine und machte ihnen aufgeregt Zeichen, sich zu beeilen. Bob tat keinen Schritt auf den Hubschrauber zu. Er blieb an der Tür stehen und verengte seine Augen zu Schlitzen, um besser sehen zu können.

»Wir müssen das nicht machen, wenn du nicht willst«, sagte Tim, der das Zögern seines Freundes bemerkt hatte. »Es gibt bestimmt andere Wege, herauszufinden, was dieser Oliver Warm mit dem Institut hier zu tun hat. Wir könnten uns zum Beispiel in aller Ruhe die Personalakten angucken, da unten ist jetzt ja keiner mehr. Vor mir brauchst du dich jedenfalls nicht zu schämen, wenn du Schiss hast. Das ist völlig in Ordnung.«

»Ich hab doch keinen Schiss«, entgegnete Bob beleidigt. »Ich wollte nur gucken, ob das ein Heli der Baureihe A-280c ist oder einer der Baureihe A-281d. Die A-281d sind sicherer.«

»Und?«, fragte Tim, als die Rotoren des Hubschraubers sich auch schon zu drehen begannen. Erst nur ganz langsam, dann immer schneller.

»Ich glaube, es ist ein A-280c«, erwiderte Bob und zuckte die Achseln, was wohl so viel heißen sollte wie: Was soll's, wird schon schiefgehen. Bob klopfte seinem Freund aufmunternd auf die Schulter und rannte los. Tim sah durch den Rauch verschwommen, wie Bob auf den Kopilotensitz kletterte. Dann lief er selbst los und sprang auf die Rückbank des Helikopters.

»Gibt es hier keine Sicherheitsgurte?«, erkundigte sich Bob, der sich gern angeschnallt hätte.

»Die habe ich alle ausbauen lassen«, brüllte Doktor Brandt, um den Lärm der Rotoren zu übertönen. »Ich bin schließlich Vulkanforscher und kein Schmetterlingssammler. Ich brauch so was nicht!«

Dann hoben sie ab.

»Schade, dass ihr nicht viel von der Landschaft zu sehen bekommt. Island ist von oben wunderschön, müsst ihr wissen«, schwärmte

Doktor Brandt und riss im selben Moment den Steuerknüppel zur Seite, weil vor ihnen plötzlich aus dem Nichts ein Wolkenkratzer aufgetaucht war.

Als sie sich wieder in der Horizontalen befanden, holte Tim das S.W.A.P.-Book hervor. Er wollte nachsehen, wie viele Hochhäuser es in Reykjavík gab. Zum Glück ergab seine Blitzrecherche, dass es nur ein paar wenige waren. Tim war heilfroh, dass sie ihren Blindflug nicht in New York, Dubai oder Hongkong absolvierten. Zwischen den vielen Hochhaustürmen dort hätten sie nicht den Hauch einer Chance gehabt, ihren Ausflug zu überleben.

»Gibt es hier irgendwo einen Zigarettenanzünder?«, erkundigte sich Bob, als sie die Stadt hinter sich gelassen hatten und durch dunkelgraue Aschewolken flogen. Tim versuchte derweil, ihre Flugroute über das GPS-Programm ihres S.W.A.P.-Books zu verfolgen. Soweit er erkennen konnte, gab es von nun an weit und breit keine hohen Gebäude mehr, die ihnen zum Verhängnis werden konnten. Dafür aber zahlreiche Berge und Unmengen von Höhenzügen, Hügeln und Vulkanen.

»Rauchst du etwa? In deinem Alter? Weißt du denn nicht, wie gefährlich das ist?« So, wie Doktor Brandt Bob dabei ansah, schien er sich wirklich um die Gesundheit des Jungen zu sorgen.

»Nein, ich brauche nur eine Stromquelle, um das hier aufzuladen«, erwiderte Bob und zog den Atomisator aus seiner Tasche.

»Ah, ein Akku-Schrauber! Wie praktisch«, bemerkte der Vulkanforscher und zeigte Bob, wo sich am Armaturenbrett des Hubschraubers der Anzünder befand. »Wenn der aufgeladen ist, kannst du gleich mal die Tür hier festschrauben. Die schließt nicht richtig. Ist halt ein A-280c, da kann man nichts anderes erwarten.«

Bob drehte sich zu Tim um und grinste seinen Freund triumphierend an, weil er mit der Typenbeschreibung richtiggelegen hatte. Und Tim grinste zurück, weil er sich nun endgültig sicher war, dass der gute Doktor Brandt nicht zu den Bösen gehörte. Sonst hätte er den Atomisator erkannt und niemals zugelassen, dass sie die gefährliche Spezialwaffe an seinem Zigarettenanzünder aufluden. Seine Schlussfolgerung ermutigte Tim, aus der Deckung zu gehen und die Frage, die ihn schon die ganze Zeit beschäftigte, ganz offen zu stellen: »Haben Sie zufällig den Namen Oliver Warm schon mal gehört?«

Vor Schreck riss der Vulkanforscher ruckartig den Steuerknüppel nach oben, sodass der Helikopter steil in die Höhe schoss. Bob und Tim mussten sich an ihre Sitze klammern, um nicht im Inneren der Maschine herumgewirbelt zu werden wie Würfel in einem Knobelbecher. Als er den Kurs des Hubschraubers wieder stabilisiert hatte, begann Doktor Brandt laut loszuschimpfen. Er war so wütend, dass er sich gar nicht mehr beruhigen konnte. Bob und Tim verstanden nicht alles, aber aus dem Rest konnten sie sich ungefähr Folgendes zusammenreimen: Oliver Warm hatte zwei Jahre lang im Institute of Vulcanology als Hausmeister gearbeitet und dort weitgehend unauffällig seinen Dienst getan. Vor ein paar Monaten war eine geheimnisvolle Kettenraucherin mit roten Haaren dort aufgetaucht. Madame Hot hatte versucht, die Wissenschaftler mit einer astronomischen Summe Geldes zu kaufen. Im Gegenzug verlangte sie von den Forschern Auskunft darüber, wie man aktive und auch erloschene Vulkane künstlich zum Ausbruch bringen kann. Selbstverständlich – so betonte Doktor Brandt immer noch spürbar entrüstet – hatten alle Mitarbeiter des Instituts das Angebot empört abgelehnt. Alle bis auf einen: den Institutshausmeister Oliver Warm. Am nächsten Morgen war er verschwunden und mit ihm sein grauer Arbeitskittel sowie alle ihre Forschungsergebnisse der letzten zwei Jahrzehnte. Mit diesem Wissen und genügend Geld war es ein Klacks, jeden x-beliebigen Vulkan auf Knopfdruck hochgehen zu lassen.

»Genau, wie es bei diesem Exemplar hier geschehen ist«, erklärte der Vulkanforscher und wies mit dem Zeigefinger nach vorn. »Der heißt übrigens Kerlingarfjöll. Aber das könnt ihr gleich wieder vergessen. Diese isländischen Namen kann sich sowieso kein Schwein merken. Wir nennen ihn einfach nur Jölli.«

Bob und Tim starrten angestrengt aus den Fenstern des Hubschraubers. Doch abgesehen von der dunkelgrauen Aschewolke, die sie umgab, war nicht viel von Jölli zu erkennen.

»Nicht nötig«, brüllte Tim von hinten, aber da war der Helikopter bereits in den Sturzflug übergegangen. Die graue Wolke lichtete sich etwas, sodass die Jungs jetzt direkt in den Vulkankegel unter ihnen blickten. Darin brodelte die Lava wie kochende Bohnensuppe. An einigen Stellen waren die Steilwände des Kraters bereits eingebrochen. Die zähe rote Flüssigkeit wälzte sich erstaunlich flott den Hang hinunter, fand Tim, als schon wieder ein Felsbrocken knapp an ihnen vorbeiraste. Doktor Brandt musste den Hubschrauber in der Luft immer wieder zur Seite reißen, um den Steingeschossen auszuweichen, die der Vulkan jetzt im Sekundentakt aus der Tiefe in den düsteren Himmel schleuderte. Bob ließ nervös seine Fingerknochen knacken, weil er es kaum aushalten konnte, nicht selbst den Steuerknüppel zu übernehmen, sondern völlig dem fliegerischen Können des Vulkanforschers ausgeliefert zu sein. Dem war es bisher gelungen, allen Felsbrocken auszuweichen und dabei mit wissenschaftlicher Neugier auch noch auf die interessanten Oberflächenstrukturen der Steine hinzuweisen. Tim berechnete im Kopf die Wahrscheinlichkeit, wie lange das noch gut gehen würde. Das Ergebnis, zu dem er mit roten Ohrläppchen kam, versprach wenig Grund zur Hoffnung. Mit etwas Glück würden sie noch zehn Minuten durchhalten können, mit viel Glück eine Viertelstunde.

»Übernimm du mal, ich habe etwas zu erledigen.« Doktor Brandts überraschende Bemerkung riss Tim aus seinen Gedanken. Der Vulkanforscher schaute Bob an, der auf dem Kopilotenplatz neben ihm saß, und deutete auf den zweiten Steuerknüppel.

Bob war viel zu verblüfft, um dem Doktor zu antworten, griff aber instinktiv nach dem Knüppel, weil der Vulkanforscher seinen bereits losgelassen hatte. Jetzt zahlten sich die unzähligen Stunden aus, die Bob mit einem Joystick in der Hand an seiner Spielekonsole verdaddelt hatte. Wie er schnell feststellte, funktionierte das Steuern eines Hubschraubers ganz ähnlich, und so gelang es ihm – wenn auch mit knapper Not –, einem weiteren Feuerball auszuweichen, der in dieser Sekunde ihre Flugbahn kreuzte.

Doktor Brandt nickte ihm aufmunternd zu und zog sich seinen

grauen Kittel aus. Darunter kam ein silbern glänzender Ganzkörperanzug zum Vorschein, der aussah, als wäre er aus Aluminiumfolie.

»Sie wollen doch nicht etwa dort runter?«, rief Tim, aber da hatte Doktor Brandt schon die defekte Tür geöffnet.

»Ich bin Wissenschaftler, da geht man den Dingen auf den Grund. Das ist mein Beruf.« Der Vulkanforscher klappte das Visier seines Schutzhelms runter und zeigte in den hinteren Teil des Hubschraubers. »Gib mir bitte mal das Brett hinter dir.«

Tim drehte sich um und entdeckte ein Surfboard, das vollständig mit einer Folie aus der gleichen Materialmischung wie Doktor Brandts Schutzanzug verkleidet war.

»Und was wird dann aus uns, wenn Sie da unten surfen gehen?« Tim nahm das Brett und reichte es nach vorn.

»Die Nummer mit der Schülerzeitung habe ich euch von Anfang an nicht geglaubt. Den Heli zurück zum Institut zu fliegen, dürfte für junge Agenten wie euch doch ein Klacks sein. Ich wünsche euch jedenfalls viel Glück bei eurer Suche nach Oliver Warm, und wenn ihr ihn trefft, dann gebt ihm bitte auch von mir einen fetten Tritt in den Hintern. Es können auch gern zwei oder drei sein.«

Doktor Brandt legte die Hand zu einem letzten, militärischen Gruß an die Stirn, dann ließ er sich mit seinem Surfbrett einfach in die Tiefe fallen. Als sein Körper in den brodelnden Kratersee eintauchte, spritzte die Lava bis zu den Kufen ihres Hubschraubers.

Kapitel Dreizehn
Knirschen im Getriebe

»Schön, wenn einer so für seinen Job brennt.« Tim schaute noch immer durch die Seitenscheibe des Helikopters in den Feuer speienden Vulkan unter sich. Doktor Brandt war wieder aufgetaucht und kletterte jetzt auf sein Brett. Dann winkte er den Jungs noch einmal zu und surfte auf einer Lavawelle dem Rand des Kraters entgegen.

»Ich hoffe, diese komischen Aramiden, Imiden und Duromeren halten, was sie versprechen. Wer sind die überhaupt? Asiatische Gottheiten?«, fragte Bob, der das Schauspiel ebenfalls fasziniert beobachtet hatte.

»Das sind keine Götter, sondern chemische Verbindungen und Hightech-Kunststoffe«, erklärte Tim.

»Nie gehört«, erwiderte Bob, während er sich bemühte, mit den Seitenrudern des Helikopters den brennenden Geschossen auszuweichen, die in immer schnellerer Folge aus dem Krater geschleudert wurden.

»Kein Wunder, für deinen Chemiebaukasten ist das Zeug auch viel zu teuer. Das ist das Beste vom Besten, was die Chemiebranche derzeit zu bieten hat. Um den Doktor da unten brauchen wir uns fürs Erste keine Sorgen zu machen.«

»Meinst du, wir hätten ihn nicht trotzdem irgendwie aufhalten sollen?«

»Wie denn? Der hat das doch die ganze Zeit geplant, sonst hätte er den Anzug nicht dabeigehabt. Der brauchte nur jemanden, der den Instituts-Heli heil zurückbringt. Und das sollten wir jetzt auch tun. Wir haben genug gesehen. Außerdem müssen wir schleunigst zu dieser Rocket Star Factory. Scheint eine Raketenfabrik zu sein, wenn mich nicht alles täuscht. Vielleicht ... AUA!«

Tim wurde in die Höhe geschleudert und knallte mit dem Kopf gegen die Decke des Hubschraubers. Einer der glühenden Felsbrocken hatte den Helikopter mit voller Wucht an der Unterseite getroffen. Auch Bob wurde ordentlich durchgeschüttelt. Aber im Gegensatz zu seinem Freund gelang es ihm, sich auf seinem Platz zu halten, weil er sich krampfhaft an den Steuerknüppel vor ihm klammerte.

KNIRSCH

Das unschöne Geräusch kam direkt aus dem Herzen der Steuerungseinheit und stand in engem Zusammenhang mit der missbräuchlichen Benutzung des Steuerknüppels als Haltegriff, das war Bob sofort klar. Er tippte auf ein gebrochenes Zahnrad und hoffte gleichzeitig, dass sich die Maschine trotz des Defekts weiterhin problemlos steuern ließ.

»Ich denke, es wäre keine schlechte Idee, ein Stück höher zu gehen, damit wir aus der Schusslinie kommen«, rief Tim seinem Freund zu, als er wieder auf seinen Sitz geklettert war und sich seinen schmerzenden Schädel rieb.

»Komisch! Das Gleiche dachte ich auch gerade«, erwiderte Bob und bewegte den Steuerknüppel sanft nach hinten. Doch das bewirkte gar nichts. Der Hubschrauber bewegte sich keinen Zentimeter nach oben. Nach rechts und links allerdings auch nicht, das bemerkte Bob erschrocken, als er es ausprobierte. Das gebrochene Zahnrad, oder was auch immer in der Steuerung kaputtgegangen war, schien doch eine wichtigere Funktion besessen zu haben, als er gehofft hatte.

»Warum gehst du nicht höher?«, wollte Tim wissen.

»Würde ich ja gern, aber ich weiß nicht, wie.«

»Wie, du weißt nicht, wie?«

»Ich kann das Teil nicht mehr lenken. Da ist irgendwas kaputtgegangen«, erklärte Bob und demonstrierte es, indem er den Knüppel ein paarmal vor- und zurückbewegte, ohne dass sich ihre Flughöhe dadurch wesentlich veränderte. »Ich habe doch gesagt, dass ist ein A-280c. Die Dinger taugen nichts.«

»Warte, ich komme zu dir.« Tim kletterte zwischen den Sitzen nach vorn und ließ sich auf dem Platz nieder, auf dem zuvor noch Doktor Brandt gesessen hatte. Dann holte er das S.W.A.P.-Book heraus.

»Was willst du damit?«, fragte Bob verwundert.

»Nachsehen, ob ich da nicht irgendwo eine Gebrauchsanweisung für das Teil hier finde. Vielleicht gibt es sogar eine Hotline für Störungen«, erwiderte Tim und wischte hektisch mit seinem Finger über das Display.

»Erzählen Sie uns was Neues. Wir befinden uns nämlich gerade über einem«, mischte sich Bob in das Gespräch ein. »Und da werfen wir jetzt gleich den Ring rein, den Sie uns gegeben haben. Dann ist die böse rothaarige Hexe besiegt, und wir feiern das dann alle zusammen im Auenland.«

»Schön, dass ihr euren Humor behalten habt, den werdet ihr noch brauchen.« Snyder lachte wieder. »Aber jetzt mal im Ernst, wie ist die Lage?«

»Die Lage ist ernst, weil wir den Hubschrauber nicht richtig gesteuert kriegen«, erwiderte Bob.

»Ist es ein A-280c?« Snyders Stimme klang mit einem Mal ernsthaft beunruhigt.

»Wenn wir in einem A-281d säßen, hätten wir keine Schwierigkeiten«, antwortete Bob. »Also machen Sie schon, Snyder! Geben Sie uns einen Tipp!«

»Das ist ganz einfach: Ihr müsst nur einmal kräftig mit der Faust aufs Armaturenbrett hauen«, erklärte Snyder. »Meistens hilft das.«

»Das ist auch sehr, sehr lustig, hilft uns aber leider gerade überhaupt nicht weiter«, entgegnete Bob gereizt.

»Das war kein Witz. Das steht hier auch.« Tim zeigte auf das S.W.A.P.-Book, das auf seinen Knien lag, und las die Stelle vor, die er gerade gefunden hatte. »Der Hersteller empfiehlt bei Störungen einen kräftigen Schlag auf das Armaturenbrett, um den aufgetretenen Defekt zu beheben.«

Bob schüttelte ungläubig den Kopf, probierte es dann aber trotzdem. Mit der flachen Hand schlug er kräftig auf die Ablage des Cockpits vor ihm und zog danach vorsichtig den Steuerknüppel nach hinten. Schnell gewann der Helikopter an Höhe. Bevor sie wieder in die dunkelgraue Aschewolke über ihnen eintauchten, warf Tim einen letzten Blick nach unten. Doktor Brandt hatte auf seinem Surfbrett bereits den Rand des Kraters an einer Stelle erreicht, an der die Seitenwände eingebrochen waren. Die flüssige Lava ergoss sich von dort den Bergrücken hinunter und der Vulkanforscher mit ihr.

»Hat es geklappt? Seid ihr in Sicherheit?«, erkundigte sich Snyder.

Tim blickte Bob an und hielt sich seinen Zeigefinger vor die Lippen. Bob nickte nur und grinste.

»Hey! Alles gut bei euch? Lebt ihr noch?« Die Stimme des Top-Agenten klang zunehmend besorgter. »Meldet euch gefälligst! Das ist ein Befehl! Bob! Tim! Verdammt noch mal, sagt doch was!«

Die Jungs ließen Snyder noch einen Moment zappeln, ehe Tim endlich antwortete: »Sie haben sich Sorgen um uns gemacht, stimmt's?«

Auf der anderen Seite der Leitung war ein erleichtertes Stöhnen zu hören, auf das kurz darauf ein wütendes Knurren folgte. »Was denkt ihr denn?! Klar habe ich mir Sorgen gemacht! Habt ihr überhaupt eine Ahnung, was eure Ausrüstung den S.W.A.P. gekostet hat? Allein für die Daunenjacken, die Angela euch geschickt hat, haben wir ein Vermögen ausgegeben. Das wäre doch alles weg gewesen, wenn ihr mit dem Heli abgeschmiert wärt.«

»Hören Sie schon auf, Snyder«, entgegnete Bob. »Das nehmen wir Ihnen nicht ab.«

»In Wahrheit sind Sie gar nicht so ein harter Kerl, wie Sie immer tun. In Wahrheit haben Sie ein richtig weiches Herz«, ergänzte Tim. »Es fällt Ihnen nur manchmal etwas schwer, das zu zeigen.«

»Ich habe absolut kein Herz! Nicht mal ein hartes!«, brüllte Snyder zurück. »Und jetzt will ich endlich wissen, was ihr rausgefunden habt!«

Während Bob den Hubschrauber durch den dichten Qualm steuerte, übernahm es Tim, Snyder auf den neuesten Stand zu bringen.

Die Jungs konnten hören, wie Snyder etwas auf einer Computertastatur tippte.

»Die Fabrik hat sich auf Silvesterraketen spezialisiert und liegt in der Eifel. Ich schicke euch die Adresse gleich auf euer S.W.A.P.-Book.«

»Besorgen Sie uns lieber ein Shuttle, damit wir uns da ein bisschen umschauen können«, schlug Tim vor.

»Die sind leider alle belegt«, erklärte Snyder. »Aber es gibt einen anderen Weg, euch dorthin zu bringen.«

»Welchen denn?«, erkundigte sich Bob misstrauisch. »Die Flughäfen sind doch wegen der Aschewolken alle geschlossen.«

»Wie viel Benzin habt ihr noch?«, fragte Snyder zurück.

»Nicht mehr viel«, antwortete Bob nach einem Blick auf die Tankanzeige. »Damit kommen wir vielleicht zurück nach Reykjavík, aber nie und nimmer bis in die Eifel.«

»Vergesst Reykjavík! Der Shuttle-Eingang dort ist bereits von den Lavaströmen geflutet worden. Das Zeug ist einfach absolut überall. Wenn ihr da landet und aussteigt, verbrennt ihr euch die Füße. Euch bleibt gar nichts anderes übrig, als meinen Vorschlag anzunehmen.«

»Hören Sie auf, den Geheimnisvollen zu spielen, und spucken Sie's schon aus. Welchen Vorschlag?«, hakte Bob nach.

Weil sie den Vulkankegel mit seinen brennenden Felsgeschossen mittlerweile hinter sich gelassen hatten, konnte Bob mit dem Heli jetzt wieder gefahrlos etwas tiefer gehen, um zu überprüfen, ob Snyder die Wahrheit sagte. Das hatte er tatsächlich, erkannten die Jungs, als sie aus der Aschewolke auftauchten. Das glühende Lavameer unter ihnen erstreckte sich bis zum Horizont, und in der Ferne glaubte Tim für einen Moment, Doktor Brandt auf seinem Surfbrett erkennen zu können. Aber da konnte er sich auch täuschen.

»Macht euch mal nicht in die Hose! Das Ganze ist absolut halb so schlimm«, versicherte Snyder. »Ihr müsst nur die Entfernung, die ihr zurücklegen wollt, in euer S.W.A.P.-Book eingeben, und das berechnet euch dann, wie stark ihr abdrücken müsst: schwach, mittel oder kräftig.«

»Das klingt ja sehr beruhigend«, warf Tim ein, aber Snyder ignorierte die Bemerkung einfach und fuhr unbeeindruckt fort. »Dann dreht ihr euch in die Richtung, in die ihr wollt, und los geht's. Hab ich schon tausend Mal gemacht.«

»Das erklärt einiges«, murmelte Bob.

Die Jungs vermieden es, sich anzusehen. Sie starrten schweigend den Atomisator an, und auch Snyder verhielt sich ruhig, weil er Bob und Tim die Gelegenheit geben wollte, sich langsam an den Gedanken zu gewöhnen.

»Er hat recht. Wir haben keine Wahl, wenn wir uns da unten keine Brandblasen holen wollen. Der Sprit ist bald alle, und einen

Hubschrauberlandeplatz kann ich hier auch nirgendwo entdecken«, sagte Tim schließlich. »Außerdem sind wir schon mal atomisiert worden. Und? Hat's uns geschadet?«

»Mir nicht, aber dir anscheinend«, erwiderte Bob missmutig.

»Komm schon: No risk ... na ja, du weißt schon.«

»Aber ich drücke ab.«

»Einverstanden.«

»Ich wusste doch, dass ich mich absolut auf euch zwei verlassen kann«, jubelte Snyder, der ihr Gespräch schweigend verfolgt hatte. »Ich habe für euch in der Zwischenzeit schon mal ermittelt, wie stark ihr abdrücken müsst: ein bisschen kräftiger als mittelstark, hört ihr? Wenn ihr den richtigen Druckpunkt erwischt, landet ihr ganz in der Nähe der Raketenfabrik. Alles Gute! Und gebt Bescheid, wenn ihr angekommen seid.«

Bob hatte Snyder eigentlich noch fragen wollen, ob es Neuigkeiten von Hoka Hay gab, aber der Top-Agent hatte das Gespräch mit einem knappen »Ende und raus« bereits beendet. Wahrscheinlich, um neue Taxibestellungen entgegenzunehmen, vermutete Tim und drückte seinem Freund den Atomisator in die Hand.

KAPITEL VIERZEHN
BEGEGNUNG MIT EINEM CLOWN

»Erinnerst du dich noch, wie schlecht uns danach war?« Bob wiegte die Waffe nachdenklich in seiner Hand.

»Aber das ging ganz schnell vorbei. Du hast nur Schiss wegen dieses Gruselmärchens, das Hoka Hay sich ausgedacht hat«, erwiderte Tim. Das Ninja-Mädchen hatte den Jungs erzählt, dass es beim Wiederzusammensetzen der Atome mitunter zu Komplikationen käme. Da könnte dann schon mal ein Bein da sitzen, wo eigentlich ein Arm sein sollte, und umgekehrt, hatte sie behauptet, als sie damals den Atomisator auf sie gerichtet und abgedrückt hatte. Doch den Jungs war überhaupt nichts geschehen – mal abgesehen davon, dass sie sich einige Kilometer von ihrem Ausgangspunkt entfernt wiedergefunden und eine leichte Übelkeit verspürt hatten. Tim war überzeugt, dass Hoka Hay ihnen mit ihrer Horrorgeschichte nur hatte Angst machen wollen.

»Und wenn nicht? Wenn es doch stimmt?«, fragte Bob besorgt.

»Dann hätte sie einen weiteren Grund, auf dich sauer zu sein«, erklärte Tim. »Hoka Hay fände es bestimmt nicht lustig, wenn ihr Fuß plötzlich da ist, wo ihre Hand sein sollte, nachdem du sie mit dem Ding nach Australien teleportiert hast. Und jetzt lass es uns endlich hinter uns bringen!«

Tim schaute im S.W.A.P.-Book nach, in welche Himmelsrichtung sie den Hubschrauber ausrichten mussten, um ihr Ziel zu erreichen.

»Jetzt wird es ernst«, flüsterte Bob, nachdem er den Helikopter in die entsprechende Position gesteuert hatte.

»Denk dran: ein bisschen kräftiger als mittelstark.« Tim hatte sich weit zu Bob hinübergelehnt und ihm sogar einen Arm um die Schulter gelegt, sodass sein Freund sie beide mit einem einzigen Schuss erwischen konnte.

»Danke für den Tipp, wäre ich selbst nicht drauf gekommen«,

brummte Bob gereizt und blickte in die Mündung des Atomisators, den er eine Armlänge von sich entfernt hielt.

»Wehe, du triffst mich nicht! Ich habe keine Lust, hier allein in dem Heli zurückzubleiben. Oder du schießt komplett daneben, sodass nur der Hubschrauber in der Eifel landet und wir in die kochende Bohnensuppe da unten stürzen. Oder ...«

»Halt endlich die Klappe, ich muss mich konzentrieren!«

Besorgt beobachtete Tim, wie stark die Hand seines Freundes zitterte. Er streckte die Linke aus und umklammerte Bobs Hand, um die Waffe zu stabilisieren.

»&*@#!«, fluchte Bob leise und schloss die Augen. Dann drückte er ab.

Tim kam als Erster wieder auf die Beine und sah sich suchend nach Bob um. Sein Freund lag nur ein paar Meter entfernt auf dem Asphalt, und so, wie er aussah, hatte auch er die Reise unbeschadet überstanden. Zumindest konnte Tim keine Unregelmäßigkeiten an Bobs Körperbau erkennen, als er auf ihn zuging. Er selbst fühlte sich auch noch ganz intakt. Ihm war nur etwas übel, aber das würde sicher bald wieder verschwinden.

Bob öffnete die Augen und schaute vorsichtig an sich hinunter. Dann tastete er seinen Körper sicherheitshalber noch einmal von oben nach unten ab, ehe er sich erleichtert aufrappelte.

»Ich lache später. Und was soll der Unsinn mit den tausend Vulkanen?«, fragte Bob, als er neben Tim stand.

»Wusstest du das nicht? Hier gibt es Unmengen davon. Sind aber alle schon vor langer Zeit erloschen.«

»Dann hoffen wir mal, dass das auch so bleibt«, sagte Bob und betrachtete besorgt den Himmel über ihnen. Die Aschewolken hier waren noch nicht so dicht und grau wie die über Island. Trotzdem war es dunkel wie an einem späten Herbstnachmittag, obwohl es noch Sommer und – wie Tim auf dem S.W.A.P.-Book überprüfte – gerade mal kurz nach fünfzehn Uhr war. Auf dem Display entdeckte er auch eine Nachricht, die Snyder ihnen geschickt hatte. Es war die versprochene Adresse der Silvesterraketenfabrik sowie eine Wegbeschreibung dorthin.

»Das können wir locker zu Fuß schaffen«, bemerkte Tim und klopfte seinem Freund anerkennend auf die Schulter. »Guter Schuss.«

»Kleinigkeit. Wenn du mal für ein Wochenende in die Karibik willst, sag einfach Bescheid«, erwiderte Bob und grinste. Er war erleichtert, dass die einzige Nebenwirkung ihrer Reise nur das leichte Unwohlsein in seiner Magengegend war.

»Danke für das Angebot, aber ich nehme doch lieber den Flieger«, entgegnete Tim.

»Das kannst du für die nächste Zeit vergessen.« Bob zeigte in den verdunkelten Himmel. »Wird Zeit, dass wir Madame Hot endlich das Handwerk legen.«

Von der verlassenen Seitenstraße, in der sie gelandet waren, bogen die Jungs in eine kleine Fußgängerzone ab, in der allerdings auch nicht viel los war. Das ganze Städtchen wirkte öde und verlassen, und das lag nicht nur an der grauen Wolkendecke, die über dem Ort hing und keinen Sonnenstrahl hindurchließ. Der einzige Lichtblick in der fast menschenleeren Einkaufsstraße war ein Clown mit einem rot-weiß geschminkten Gesicht. Dazu trug er ein buntes Kostüm und an den Füßen ein Paar Flipflops, obwohl es wegen der Aschewolken für einen Sommertag schon ungemütlich kühl geworden war. Tim und Bob jedenfalls waren froh, dass sie noch immer ihre Daunenjacken trugen.

Obwohl weit und breit kein Kind zu sehen war, knotete der Clown fleißig niedliche Luftballontiere aus gelben und grünen Ballons. Als er die Jungs bemerkte, hielt er kurz in seiner Arbeit inne. Dann jedoch schien er erkannt zu haben, dass Bob und Tim längst aus seiner Zielgruppe herausgewachsen waren, und widmete sich wieder dem Schmetterling, mit dem er gerade beschäftigt war.

»Da war ja sogar in Island mehr los«, bemerkte Bob, während sie durch die Fußgängerzone liefen.

»Wir haben Sonntag«, erwiderte Tim nach einem kurzen Blick auf sein S.W.A.P.-Book. »Da sind die Läden alle geschlossen, und es arbeitet halt keiner.«

»Keiner außer Snyder und dem Clown da vorn. Sollten wir uns nicht langsam mal bei ihm melden?«

»Bei dem Clown? Ich dachte, aus dem Alter wärst du raus. Aber wenn du unbedingt willst, hol dir ruhig so einen lustigen Ballondackel.«

»Ich meinte Snyder! Sollten wir uns bei dem nicht mal melden?«

»Lass den Rolli-King ruhig noch ein bisschen schwitzen.« Tim machte eine wegwerfende Handbewegung und nahm die Mikrokopfhörer aus seinen Ohren. »Auf die Übersetzungsfunktion können wir jetzt übrigens auch gut verzichten. Hier verstehen die Leute uns ja, und wir verstehen sie.«

»Glaubst du eigentlich, einer wie Snyder hat Familie?«, fragte Bob, als er seine Kopfhörer in der Jackentasche verstaut hatte. »Eine Frau und ein paar Kinder, die abends auf ihn warten und ihm ›Papa, Papa‹-rufend entgegenlaufen?«

»Kann ich mir nicht vorstellen«, überlegte Tim laut. »Ich glaube, einer wie Snyder hat nicht mal Freunde. Deswegen ist er ja auch immer erreichbar. Ich glaube, der ist ziemlich einsam.«

»Wahrscheinlich hast du recht. Armer Kerl«, sagte Bob und war froh, dass sie ihre Kopfhörer abgenommen hatten. So hatte Snyder ihr Gespräch nicht mithören können.

Schweigend liefen die Jungs nebeneinanderher. Tim rieb sich dabei sein Ohrläppchen, weil ihm irgendetwas verdächtig vorkam, ohne dass er hätte sagen können, was es war. Bob dagegen überlegte, ob ihnen eine ähnliche Zukunft wie die von Snyder bevorstand, wenn sie weiterhin für den S.W.A.P. arbeiten würden. Er war sich nicht sicher, ob er das wirklich wollte, schob den Gedanken aber schnell beiseite. Darüber konnte er sich später immer noch den Kopf zerbrechen. Jetzt gab es Wichtigeres zu tun. Sie mussten die Welt retten, denn wenn ihnen das nicht gelang, würde es überhaupt keine Zukunft geben – weder eine einsame noch eine mit vielen Freunden und einer großen Familie.

Es war das laute Klatschen von Gummisohlen auf dem Pflaster, das die Jungs aus ihren Gedanken riss. Plötzlich fiel Tim ein, was ihn die ganze Zeit gestört hatte: der einsame Clown, die Luftballons in den Nationalfarben Brasiliens und die Flipflops, vor deren Trägern Snyder sie gewarnt hatte.

GRRR
ZACK
Das ist die Rache für Peking!
KLICK
KLACK
Das war erst das Hinspiel!

Bob verzichtete darauf, den brasilianischen Agenten zu verfolgen, und ging stattdessen lieber zu Tim, der immer noch auf dem Boden kniete und sich bemühte, ganz ruhig ein- und wieder auszuatmen.

»Danke, du Faust«, keuchte Tim.

»Keine Ursache. Wäre aber gar nicht nötig gewesen, wenn dir ein paar Sekunden früher aufgefallen wäre, dass mit dem Typen etwas nicht stimmt. Ich meine: ein Clown mit Flipflops und gelben und grünen Luftballons! Geht's noch deutlicher?!«

»Du hast doch auch keinen Verdacht geschöpft«, murmelte Tim zwischen zwei tiefen Atemzügen.

»Von mir erwartet das auch keiner, im Gegensatz zu dir, *Big Brain*«, erwiderte Bob und half seinem Freund wieder auf die Beine. »Nun komm schon! Hoch mit dir! Durch den komischen Clown haben wir schon genug Zeit verloren.«

KAPITEL FÜNFZEHN
FEUERZAUBER IN DER EIFEL

»Wenn die brasilianischen Kicker in diesem Jahr auch solche Anfänger sind wie die brasilianischen Agenten, wundert es mich gar nicht, dass sie schon in der Vorrunde rausgeflogen sind.« Mit der Bemerkung wollte Bob seinen Freund ein wenig aufmuntern. Sie waren auf dem Weg zur Silvesterraketenfabrik, die sich in einem Industriegebiet am Rande des kleinen Eifelstädtchens befand. Tim sah noch etwas blass aus und griff sich immer wieder an den Hals, wo der Angriff des Clowns einen breiten roten Striemen hinterlassen hatte.

»Ganz so dumm war der Kerl aber auch wieder nicht. Immerhin hat er sich unseren Atomisator gekrallt«, sagte Tim nach einer Weile. »Du musst Snyder noch sagen, dass das Ding weg ist.«

»Wieso ich? Warum nicht du?«, erwiderte Bob.

»Weil du den Atomisator auf der Straße hast liegen lassen und nicht ich!«

»Aber doch nur, um dir das Leben zu retten! Ohne mich wärst du der erste Mensch auf der Welt, der mit einem Luftballonschmetterling getötet wurde.«

Tim sah seinen Freund an, dann lächelte er und zuckte entschuldigend mit den Schultern.

»Hast recht, ich rufe ihn an«, sagte Tim schließlich und klopfte sich auf die Tasche seiner Jacke, in der er den Kopfhörer verstaut hatte. »Aber das muss ja nicht sofort sein. Ich bin ganz froh, wenn wir eine Weile Ruhe vor ihm haben.«

Bob hatte es auch nicht besonders eilig, Snyder wiederzuhören. Klar tat es ihm leid, dass Snyder niemanden hatte, mit dem er abends einfach mal reden konnte. Andererseits waren er und Tim die Jungs vom S.W.A.P. und nicht die Jungs von der Telefonseelsorge.

Auf ihrem Weg zu der Fabrik trafen sie zwei Fußgänger, einen Radfahrer und drei Autofahrer – Letztere saßen in Wagen mit örtlichem Kennzeichen und hatten wegen der Dunkelheit sogar am frühen Nachmittag ihre Scheinwerfer angeschaltet. Sie alle beäugten die beiden Jungs misstrauisch, sprachen sie aber nicht an. Tim vermutete, dass hier einfach nicht allzu oft Fremde vorbeikamen.

»Wir müssen da lang«, sagte er, nachdem er einen Blick in das S.W.A.P-Book geworfen hatte. »Hinter der Kurve dort vorne muss es schon sein.«

»Recherchieren wir wieder für die Schülerzeitung, oder zeigen wir dem Pförtner einfach unsere S.W.A.P.-Plakette?«, wollte Bob wissen.

»Ich bezweifle, dass das Erdmännchen uns dort weiterhelfen wird«, entgegnete Tim und zeigte nach vorn, wo die zweistöckige Fabrikhalle im Dämmerlicht jetzt schon zu sehen war.

»Und wie sollen wir sonst da reinkommen?«, fragte Bob.

Das Fabrikgelände war von einem drei Meter hohen Zaun umgeben, der von einer doppelten Reihe Stacheldraht gekrönt wurde. Dahinter patrouillierten zwei Männer in dunkelroten Uniformen, die von zwei Schäferhunden begleitet wurden.

Was mir an der Sache nicht gefällt, sind die Hunde.
Ich dachte, du magst Hunde.
Aber nur so kleine, und die auch nur, wenn sie einen Maulkorb trage
Die Köter da vorn sind größer, als du in deinem Chow-Chow-Kostüm warst.
Du übertreibst, und jetzt los!
KLIG
TZEL
Pass doch auf!
'tschuldigung. Ich muss mich auch erst mal an das Ding hier gewöhnen. Das ist das reinste Laserschwert.

»Genug gespielt, Luke Skywalker! Würdest du jetzt bitte wieder auf unseren Planeten zurückkehren und dich diesem verdammten Zaun widmen? Die Typen mit ihren kläffenden Bestien können jeden Moment zurückkommen«, drängelte Tim.

Die Erwähnung der Schäferhunde erinnerte Bob daran, wozu sie hier waren. Mit den Fingerspitzen drehte er an der Einstellung, bis der Strahl nur noch die Länge eines Taschenmessers besaß. Dann durchschnitt er mit dem Laser die Maschen, sodass im Zaun ein Loch entstand, durch das die Jungs bequem hindurchschlüpfen konnten. Schnell liefen sie auf eine Stahltür zu, die in die Fabrikhalle führte. Bob erreichte sie als Erster und rüttelte an der Klinke.

»Abgeschlossen«, flüsterte er Tim zu, während er gleichzeitig Ausschau nach den beiden Schäferhunden hielt.

»Warum schneidest du das Schloss nicht einfach mit dem Laser raus?«, schlug Tim vor.

»Danke für den tollen Vorschlag! Da wäre ich selbst nie drauf gekommen«, sagte Bob sauer und fräste mit dem roten Strahl ein rundes Loch in die Tür. »Wenn man mit dem Ding in Serienproduktion gehen würde, könnte man glatt ein Vermögen verdienen.«

Kurz darauf fiel das Schloss scheppernd auf der anderen Seite zu Boden.

»Geht das auch ein bisschen leiser?«, fragte Tim vorwurfsvoll.

»Klar! Du hättest nur auf der anderen Seite stehen und es aufzufangen brauchen, statt hier rumzumeckern«, erwiderte Bob beleidigt.

»Wenn ich auf der anderen Seite gewesen wäre, hätten wir das Schloss nicht rauslasern müssen. Dann hätte ich dir einfach so aufgemacht und ...«

Weiter kam er nicht, weil in dem Moment ein dumpfes Kläffen ertönte, das die Rückkehr der Wächter verriet. Bob griff seinen Freund am Ärmel, riss die Tür auf und schob Tim in den dunklen Flur dahinter. Die Jungs konnten Schritte und kurz darauf das aufgeregte Hecheln der Hunde hören. Bob und Tim wagten kaum zu atmen. Es waren auch Stimmen zu hören, aber die Jungs verstanden nicht, was die Männer sagten. Tim war zum ersten Mal dankbar über die

Aschewolke. So dunkel, wie es draußen war, standen ihre Chancen nicht schlecht, dass die Wächter das Loch im Zaun übersahen. Bob und Tim blickten sich besorgt an, weil die Stimmen vor der Tür nicht leiser wurden. Die Männer mussten stehen geblieben sein, und die einzige Erklärung, die es dafür gab, war, dass sie oder ihre Hunde etwas Verdächtiges bemerkt hatten. Bob legte sein rechtes Ohr an das Loch, das er erst vor ein paar Minuten mit dem Laser in die Tür gefräst hatte. Stimmen waren jetzt keine mehr zu hören, dafür wurde das Schnüffeln der Hunde immer lauter. Bob wechselte die Stellung vor dem Loch und legte sein Auge an die Öffnung. Er sah, wie die beiden Schäferhunde die Wächter an ihren Leinen Richtung Tür zogen. Mit ihrer freien Hand griffen die Männer nach den Pistolen, die sie an den Gürteln trugen. Sie waren nur noch dreißig Meter entfernt, als Bob sich zu Tim umdrehte und ihm zu verstehen gab, dass sie ohne ihren Atomisator ganz schön in der Patsche saßen. Tim griff sich an sein Ohrläppchen und durchdachte im Bruchteil einer Sekunde ihre Möglichkeiten. Sie konnten sich irgendwo im Gebäude verstecken, aber die Hunde würden ihre Spur finden und sie über kurz oder lang aufspüren. Oder sie konnten sich mit dem Laserring verteidigen, aber das würde ein ziemliches Gemetzel geben, und schließlich machten die beiden Männer, die an diesem Sonntag die Fabrik bewachten, auch nur ihren Job.

Bob fuhr sich mit der Hand an der Kehle entlang, was so viel heißen sollte wie, dass sein Freund sich besser beeilen sollte. Tim nickte beruhigend zurück, denn tatsächlich war ihm gerade eine dritte, rettende Idee gekommen.

»Ach, das sind nur zwei Katzen!«, schimpfte einer der Wachmänner und steckte seine Pistole wieder ein. Das konnte Bob durch das Loch beobachten.

»Sollen wir nicht doch lieber mal nachgucken?«, fragte sein Kollege.

Tim antwortete darauf mit einem so überzeugenden »Miau«, dass die beiden Hunde noch wilder bellten und ungeduldig an ihren Leinen zerrten, um sich auf die Katzen zu stürzen. Nur mit Mühe konnten die Männer sie von der Tür wegzerren und ihre Runde um das Fabrikgebäude fortsetzen.

Um ganz sicherzugehen, blieben Bob und Tim noch eine Weile auf dem Boden hocken, ohne sich einen Millimeter von der Stelle zu bewegen oder auch nur ein Wort zu sagen. Dann erst wagten sie, wieder zu sprechen.

Die Jungs tasteten sich den Flur entlang, bis sie auf eine Tür stießen, die unverschlossen war. Dahinter lag eine riesige Halle, in der große Holzkisten gestapelt waren. Tim holte ihr S.W.A.P.-Book heraus, damit sie mithilfe der Displaybeleuchtung die Aufkleber auf den Kisten erkennen konnten.

»›Achtung! Hochexplosiv!‹«, las Bob vor.

»Na ja, das war in einer Silvesterraketenfabrik auch nicht anders zu erwarten«, bemerkte Tim. »Lass uns weiterschauen!«

»Was suchen wir hier eigentlich?«, wollte Bob wissen.

»Das wissen wir erst, wenn wir es gefunden haben.«

Die Jungs verließen die Halle und stiegen eine Treppe hoch, die sie in den ersten Stock führte. Hinter den ersten beiden Türen, die sie öffneten, befanden sich die Toiletten, die nächste Tür aber führte sie in ein Büro, in dem ein riesiger Schreibtisch stand. Auch dieser Raum lag im Halbdunkel, sodass Bob und Tim wieder auf das Licht des Displays zurückgreifen mussten, um die Fotos betrachten zu können, die überall an den Wänden hingen. Die Bilder zeigten Menschen, die sich mit einer handschriftlichen Widmung für die wunderbaren Feuerwerke bedankten, die die Rocket Star Factory ihnen beschert hatte. Auf den vielen Fotos erkannten die Jungs auch eine Reihe von A-, B- und C-Promis, die sie schon einmal im Fernsehen gesehen hatten.

»Guck mal, wen wir da haben! Das ist doch bestimmt kein Zufall, oder?«, sagte Bob und zeigte auf eine Fotografie, die einen Ehrenplatz einnahm.

Tim sah seinen Freund verständnislos an, weil das Bild nur eine Art schwebendes Zelt zeigte, bei dem die Spitzen zweier blank gewienerter Herrenschuhe unter dem Saum hervorschauten.

»Wer ist denn der Indianer da in dem Tipi? Muss man den kennen?«, bemerkte Tim.

»Muss man nicht, aber es hilft. Darunter steckt nämlich kein anderer als Baron von Funeral«, erklärte Bob. Bei ihrem ersten Einsatz für den S.W.A.P. hatte Bob ihm kurz Auge in Auge gegenübergestanden, oder wohl besser gesagt, gelegen. Damit war Bob einer der wenigen Menschen überhaupt, die Funerals wahre Gestalt zu Gesicht bekommen hatten, weil sich der Baron in der Öffentlichkeit nur selten und dann immer nur im Verborgenen zeigte. Professor Hazweio hatte für ihn gearbeitet, und jetzt deutete einiges darauf hin, dass er auch etwas mit den Vulkanausbrüchen und den gewaltigen Aschewolken zu tun hatte.

»›Für meine Freundin Madame Hot! Ihr guter Freund Baron von Funeral‹«, las Bob die nur schwer zu entziffernde Widmung auf dem Foto vor.

»Bist du sicher, dass er das ist? Unter dem Zelt könnte jeder stecken, und die Unterschrift kann ja auch kein Schwein lesen«, bemerkte Tim, der das Bild neugierig betrachtete. »Oder meinst du, das ist Absicht?«

Kapitel Sechzehn
Raketen über der Eifel

Die Stimme war aus der Richtung des Schreibtisches gekommen. Tim leuchtete mit dem Display des S.W.A.P.-Books dorthin, doch der matte Lichtstrahl verlor sich schon nach einem halben Meter im Raum. Er reichte gerade, um hinter dem Tisch einen Bürostuhl auszumachen, der so gedreht war, dass nur die gepolsterte Rückenlehne zu erkennen war. Tim blickte sich nach einer Waffe um. Aber er fand nur einen Brieföffner, der auf der Tischplatte vor ihm lag. Bob hatte blitzschnell reagiert und den Laser an seinem Finger eingeschaltet, der sofort ein kreisrundes Loch in den Teppichboden brannte.

Die beiden sahen sich an – unschlüssig, ob sie sich auf den geheimnisvollen Fremden stürzen sollten, der da hinter dem Sessel anscheinend auf sie gewartet hatte, oder ob sie besser abwarten sollten, bis er sich ihnen zu erkennen gab.

»Vielleicht ist es Baron von Funeral persönlich?«, flüsterte Bob.

»Oder Madame Hot«, zischte Tim zurück, als sich der Sessel auf einmal im Zeitlupentempo zu drehen begann.

Bob hielt seinen Ring so, dass er den Laser sofort auf volle Leistung stellen konnte, während Tim den spitzen Brieföffner mit seiner rechten Hand umklammerte, obwohl er gar nicht wusste, ob er überhaupt fähig war, die Waffe im Ernstfall auch zu benutzen.

»Habt ihr wirklich geglaubt, der Baron oder Madame Hot sind noch hier und warten nur darauf, euch persönlich die Hand zu schütteln?«

»Musst du uns so erschrecken, Hoka Hay?!«, rief Bob erleichtert.

Das Ninja-Mädchen knipste eine Lampe an und legte grinsend ihre Füße auf die Schreibtischplatte. Tim konnte das Profil ihrer schweren Stiefel erkennen, und wenn er sich nicht ganz täuschte, waren darauf kleine Herzchen zu sehen, obwohl das überhaupt nicht zu ihr passte. Aber vielleicht besaß sie ja doch so etwas wie eine romantische

Seite, schoss es Tim durch den Kopf. Hoka Hay genoss die gelungene Überraschung auf den Gesichtern der Jungs. Dann deutete sie mit ihrem Samuraischwert auf das signierte Foto, auf dem Baron von Funeral zu sehen war.

»Natürlich könnte unter dem Zelt auch meine Oma stecken. Aber ich habe bereits eine Kopie der Fotografie an die Zentrale geschickt. Sie haben sie im Labor analysiert und sind ziemlich sicher, dass der Mann dahinter niemand anders als der Baron ist.«

»Echt wahr?! Wow! Für diese bahnbrechende Erkenntnis brauchten wir kein Labor, das haben Bob und ich auch so schon längst gewusst«, erklärte Tim.

»Ich vergaß, ihr seid ja zwei echte Top-Agenten«, erwiderte Hoka Hay und grinste. »Habt ihr sonst noch irgendwelche Neuigkeiten für mich?«

»Äh, ja, das mit dem Atomisator war wirklich keine Absicht«, sagte Bob. »Das musst du mir glauben.«

»Geschenkt. Ich bin nicht nachtragend«, erwiderte das Mädchen und zeigte zuckersüß lächelnd auf den Ring, an dem Bob immer noch nervös herumspielte. »Ist der für mich? Das ist aber lieb von dir! Aber für eine Verlobung kennen wir uns doch noch gar nicht gut genug. Findest du nicht, wir sollten uns ein bisschen mehr Zeit lassen?«

Bob wurde knallrot und murmelte etwas Unverständliches.

»Woher wusstest du überhaupt, dass wir hier sind?«, wechselte Tim das Thema, um seinen Freund aus der Verlegenheit zu retten.

»Snyder hat es mir erzählt. Er erzählt mir fast alles«, antwortete Hoka Hay. »Von ihm weiß ich auch, dass ihr diesen verrückten Vulkanforscher getroffen habt, diesen Doktor Brandt. Wie war noch mal dessen Theorie, auf welche Weise Madame Hot die Vulkane zum Ausbruch bringt?«

»Er vermutet, dass sie ... Aua!« Bob schrie auf, weil Tim ihm auf den Fuß getreten hatte. »Was soll der Mist?! Bist du verrückt geworden?«

»War auch keine Absicht«, entschuldigte sich Tim und grinste das

Ninja-Mädchen herausfordernd an. »Außerdem bin ich sicher, Hoka Hay weiß bereits genau, wie Madame Hot das macht, und wir wollen sie ja nicht langweilen. Sie weiß ja auch sonst alles, nicht wahr?«

»Klar ist das wahr«, entgegnete das Mädchen und klopfte mit ihrem Schwert auf einen Aktenordner, der vor ihr auf dem Schreibtisch lag. »Steht nämlich alles da drin.«

»Was ist das?«, fragte Bob.

»Akten, die ich zufällig hier gefunden habe«, erwiderte Hoka Hay knapp und warf einen kurzen Blick auf einen Tresor, den die Jungs bislang noch gar nicht bemerkt hatten und der aufgesprengt in einer Ecke des Raumes stand.

»Geht es auch etwas genauer?«, forderte Tim.

»Akten, aus denen hervorgeht, dass unsere Madame Hot eine Vorliebe für Feuerwerkskörper besitzt. Die Fabrik hier gehört ihr, aber ihre Geschäfte wickelt sie von Palermo, der Hauptstadt Siziliens, aus ab, um Steuern zu sparen. Das ist bestimmt kein Zufall, dass es sowohl hier als auch dort Vulkane gibt. Außerdem soll ich euch von Snyder ausrichten, dass ihr schnellstens verschwinden sollt. Es gibt Hinweise, dass auch hier die Vulkane bald hochgehen. Kein Wunder, dass hier keiner mehr ist, außer den beiden Nachtwächtern mit ihren Schoßhündchen da draußen.«

»Aber die Vulkane hier in der Gegend sind doch schon vor Zigtausenden von Jahren erloschen«, widersprach Tim.

»Anscheinend hat sie wieder jemand aktiviert.« Hoka Hay zuckte die Schultern. »Von mir aus könnt ihr auch bleiben und es euch ein bisschen gemütlich machen. Ich kann euch sowieso nicht mitnehmen, wenn ich mich gleich auf den Weg nach Sizilien mache.«

»Und wie willst du da hinkommen? So ganz ohne Shuttle?«, fragte Bob.

»Hier in der Nähe ist ein Flughafen, da stehen genug Flieger herum, die gerade keiner brauchen kann«, erklärte Hoka Hay. Sie stand auf und nahm das Bild des Barons von der Wand. Sie zerschlug den Glasrahmen an einer Stuhlkante, faltete die Fotografie in der Mitte und steckte sie in eine der Taschen ihrer schwarzen Ninja-Uniform.

Dann griff sie sich einen Rucksack, der auf dem Boden neben ihr lag, und setzte ihn sich auf den Rücken.

»Bei der Aschewolke da draußen kannst du nicht fliegen«, entgegnete Tim. »Der gesamte Flugverkehr ist eingestellt. Weltweit!«

»Alles eine Frage der Flughöhe. Man muss sich mit seiner Maschine einfach nur tief genug halten, dann stört einen die Wolke nicht weiter. Was glaubt ihr denn, wie ich von Australien hierhergekommen bin?«

»Mit einem Atomisator?«, fragte Bob.

Hoka Hay lachte. Sie konnte sich gar nicht mehr einkriegen.

»Ich bin doch nicht lebensmüde!«, erklärte sie, als sie sich wieder beruhigt hatte. Dann sah sie die beiden Jungs ernst an. »Sagt bloß, Snyder hat euch überredet, das Ding für die Reise zu benutzen?«

»Und? Was wäre daran so schlimm?«, fragte Tim zurück.

»Weil die Dinger nicht funktionieren. Haben sie noch nie getan. Ihr könnt froh sein, dass bei euch noch alles da ist, wo es hingehört.«

»Dir ist ja zum Glück auch nichts passiert«, bemerkte Bob.

»Und dafür bin ich auch verdammt dankbar«, erwiderte Hoka Hay und öffnete das Fenster des Büros.

Wir sehen uns in Palermo. Falls ihr es bis dorthin schafft.
KLICK
WRUM
WAFF WAFF
An eurer Stelle würde ich mal drinnen nachsehen, anstatt hier Spurrillen in den Rasen zu latschen.
Von wegen ›geschenkt‹ und ›Ich bin nicht nachtragend‹.
Das war Hoka Hays Rache.

»Schnell die Treppe runter! Hier oben sitzen wir in der Falle!«, rief Tim. Er schnappte sich den Aktenordner vom Tisch und riss die Tür auf. Trotz der Dunkelheit nahmen sie zwei Stufen auf einmal die Treppe hinunter. Draußen hörten sie das Bellen der Hunde, die die beiden Männer hinter sich herzerrten. Sie konnten nicht mehr weit vom Halleneingang entfernt sein, und wenn die Jungs ins Freie flüchteten, würden sie ihnen direkt in die Arme beziehungsweise in die weit aufgerissenen Schnauzen ihrer wild gewordenen Bestien laufen, da war sich Tim sicher.

»Wir verstecken uns hier«, zischte er Bob zu und zog ihn hinter sich her in die Halle, in der die Holzkisten fast bis zur Decke gestapelt standen. Die Jungs zwängten sich in einen Spalt zwischen zwei Kisten und machten sich dort so klein wie möglich. Bob leuchtete mit dem S.W.A.P.-Book über den Aufkleber, der auf dem Holz direkt vor seiner Nase prangte.

»›Vorsicht! Nicht werfen! Hochexplosiv! Inhalt: 50 Stück. Feuerwerksrakete, Typ: Ätna in Flammen‹«, las Bob leise vor.

»Das passt ja prima«, flüsterte Tim, ohne den Eingang der Halle aus den Augen zu lassen.

»Warum?«, wollte Bob wissen.

»Weil der Ätna ein Vulkan ganz in der Nähe von Palermo ist«, erklärte Tim. »Wie sagte Hoka Hay? Das ist bestimmt auch kein Zufall, sondern ...« Tim verstummte mitten im Satz, weil die beiden Wächter mit ihren Hunden die Halle betraten. Die Männer hielten ihre Pistolen schussbereit in den Händen und beugten sich vor, um die Schäferhunde von der Leine zu lassen.

»Was gäbe ich jetzt für einen Atomisator«, murmelte Bob.

»Und ich für eine Wurst oder ein Stück rohes Fleisch«, erwiderte Tim.

»Wie kannst du denn jetzt nur ans Essen denken?«

»Doch nicht für mich! Damit könnten wir die Hunde von uns weglocken. Die kommen nämlich direkt auf uns zu.«

Tim hatte recht. Die beiden Schäferhunde näherten sich knurrend den Kisten, zwischen denen die Jungs sich versteckt hatten.

»Sollen wir wieder miauen?«, fragte Bob leise.

»Ganz schlechte Idee«, entgegnete Tim und flüsterte ein »Brave Hündchen, ganz brave Hündchen. Wenn ihr zu euren Herrchen zurückgeht, kriegt ihr später einen großen Knochen von uns« in Richtung der Wachhunde, die ihre Nasen dicht auf dem Boden hielten, um der Fährte der Jungs zu folgen. Tims Bestechungsversuch ließ die Tiere kalt, wahrscheinlich rochen sie, dass es ein leeres Versprechen war. Zähnefletschend hatten sie die Kisten schon fast erreicht, als Bob plötzlich laut und kräftig niesen musste: ***HAATSCHIII!***

Dann ging alles ganz schnell. Einer der Wächter schoss vor Schreck aus seiner Pistole in ihre Richtung. Die Kugel durchschlug eine der Kisten und trat auf der Rückseite wieder aus, ohne dabei einen der Jungs oder eine der Raketen darin getroffen zu haben. Dann blieb sie im Holz der dahinterliegenden Kiste stecken.

Tim schrie Bob an: »Kannst du dich nicht ein Mal zusammenreißen?«

Bob schrie Tim an: »Ich habe doch gesagt, dass ich gegen diese Viecher allergisch bin.«

Der erste Wachmann schrie den zweiten Wachmann an: »Bist du total durchgeknallt?! Du jagst uns mit deiner Knarre noch in die Luft!«

Der zweite Wachmann schrie den ersten Wachmann an: »Aber da ist jemand, ich habe es genau gehört.«

Währenddessen kläfften die Schäferhunde sich gegenseitig an und rannten mit eingezogenem Schwanz aus der Halle, weil der Schuss sie zu Tode erschreckt hatte.

»Rauskommen! Und dabei die Hände schön brav über den Kopf halten«, brüllte einer der Männer, als er mit seinem Kollegen auf die Jungs zuging. Mit ihren Waffen zielten sie genau auf die Kisten, hinter denen Bob und Tim sich versteckt hielten. Tim bezweifelte, dass sie wirklich ein weiteres Mal schießen würden. Die Männer sahen nicht aus wie zwei Selbstmörder. Verlassen wollte er sich darauf trotzdem nicht. Natürlich konnten sie sich ergeben, mit erhobenen Händen aus ihrem Versteck kriechen und mit ihrer S.W.A.P.-Medaille wedeln. Aber die anschließenden Erklärungen würden sie nur Zeit kosten, die sie nicht hatten. Falls ihnen die Wachmänner überhaupt ein Wort glaubten. Tim bezweifelte das. Sich zu ergeben war keine Option. Sie mussten schnellstens aus der Halle verschwinden, weil ihre nächste Spur sie nach Palermo führte und hier in der Gegend die Vulkane kurz vorm Ausbruch standen. Tim glaubte bereits spüren zu können, dass die Hitze in den Vulkankesseln anstieg wie in einem Topf, in dem das Wasser kurz vorm Kochen stand. Er brauchte eine Lösung, die sie schnell hier rausbringen würde. Tim massierte sein Ohrläppchen, während Bob seine Fingerknochen knacken ließ, um sich auf das bevorstehende Zusammentreffen mit den Wachmännern vorzubereiten.

»Gib mir den Ring«, zischte Tim.

»Wozu?«, fragte Bob.

»Keine Zeit, gib ihn mir einfach!«

Bob zog den Ring von seinem Finger und reichte ihn an seinen Freund weiter.

»Wenn ich ›Los!‹ sage, ziehst du den Kopf ein und rennst los. Egal, was passiert! Renn einfach!« Tim aktivierte den Laser und brannte damit ein Kreuz in die Kiste vor ihm, um ganz sicherzugehen, dass der Strahl, der wie Butter durch das Holz ging, auf jeden Fall eine der Raketen darin traf. Dann schnappte er sich den Aktenordner, den er neben sich auf dem Boden abgelegt hatte.

TATA
BUM
KNALL
Wie Silvester! Nur lauter und schöner

KAPITEL SIEBZEHN AUF DER AUTOBAHN

Tim hatte sich nicht getäuscht. Es war tatsächlich schon deutlich wärmer geworden, obwohl die Aschewolken noch immer keinen einzigen Sonnenstrahl hindurchließen. Das spürte er, als sie Hals über Kopf aus der Halle ins Freie stolperten.

»Und jetzt?«, fragte Bob.

Tim zog sich seine Daunenjacke aus und sah sich suchend um. Von den Hunden war nichts mehr zu sehen, dafür entdeckte er einen Geländewagen, der einsam auf dem Parkplatz der Fabrik stand.

»Der kommt ja wie gerufen«, sagte Bob, der dem Blick seines Freundes gefolgt war.

»Aber wir haben keinen Schlüssel«, erwiderte Tim und zog instinktiv den Kopf ein, weil in der Halle gerade eine neue Kiste mit besonders großen Raketen in die Luft ging, die die Wände der Fabrik erbeben ließen. Selbst durch die wenigen Fenster war das schillernde Farbenspiel der Feuerwerkskörper noch gut zu erkennen.

»Das lass mal meine Sorge sein«, sagte Bob und öffnete den Reißverschluss seiner Jacke, weil auch ihm darin viel zu heiß geworden war.

Die Jungs rannten hinüber zu dem Auto, während in ihrem Rücken weitere Raketen mit lautem Krachen explodierten.

»Gib mir den Ring zurück«, sagte Bob, als er vor der Wagentür stand.

»Ist es wirklich aus zwischen uns beiden? Willst du dich nach all dem, was wir gemeinsam durchlebt haben, nun von mir trennen? Meine besten Jahre habe ich dir gegeben«, sagte Tim grinsend, während er sich den Laser vom Zeigefinger zog.

»Sehr komisch und eigentlich gar keine so schlechte Idee«,

brummte Bob und fräste das Autoschloss aus dem Blech. Dann sprangen die Jungs in den Wagen, und Tim rutschte mit dem Aktenordner auf den Beifahrersitz durch. Bob nahm den Platz hinter dem Lenkrad ein und beugte sich hinunter, wo er die Plastikabdeckung von der Elektronik des Wagens entfernte und sich an ein paar Drähten zu schaffen machte.

Im selben Augenblick sprang der Wagen an, und Bob richtete sich zufrieden wieder auf. Dann trat er das Gaspedal durch und raste auf das Fabriktor zu. Diesmal machten sich die Jungs gar nicht erst die Mühe, mit dem Laser ein Loch in den Zaun zu schneiden. Bob hielt einfach auf das Tor zu, das mit lautem Krachen zur Seite flog und scheppernd auf dem Bürgersteig liegen blieb.

Tim schaltete das Autoradio ein und landete direkt in einer Nachrichtensendung, in der die Bevölkerung vor dem Ausbruch von mindestens drei Eifelvulkanen gewarnt wurde. Die Menschen wurden aufgefordert, so schnell wie möglich ihre Häuser zu verlassen und sich in Sicherheit zu bringen. Die nächstliegende Großstadt war Köln, und die schien – glaubte man dem Sprecher – ebenfalls bereits zu großen Teilen evakuiert zu sein.

»Und jetzt zum Wetter«, erklärte der Radiosprecher zum Abschluss. »Der Himmel bleibt nach wie vor dunkelgrau bewölkt. In den nächsten Stunden ist außerdem mit verstärktem Ascheregen zu rechnen. Und nun noch eine persönliche Nachricht: Das war das letzte Mal, dass ich für Sie die Nachrichten gesprochen habe. Mein Wagen steht mit laufendem Motor vor dem Sender, damit ich mich hier gleich verpissen kann. Und an Ihrer Stelle würde ich es genauso machen. Viel Glück und auf Wiederhören – irgendwie, irgendwann, irgendwo.«

Damit endete die Sendung, und aus dem Radio erklang ein Lied mit einem Refrain, in dem der Sänger von seiner Freundin behauptete, sie sei so heiß wie ein Vulkan.

»Wir müssen unbedingt Snyder erreichen, damit der uns nach Palermo bringt!«, erklärte Tim und kramte den Kopfhörer aus seiner Tasche, während Bob mit dem Wagen die nächste Autobahnauffahrt ansteuerte.

Je weiter sie fuhren, desto voller wurde die Straße. Wie schon in Reykjavík waren die Autos auch hier voll beladen mit Habseligkeiten, die die Menschen vor den ausbrechenden Vulkanen in Sicherheit bringen wollten.

»Snyder, hören Sie mich?! Melden Sie sich, es ist dringend!«

»Wer schreit denn da so? Ich bin doch nicht taub!«, erklang eine weibliche Stimme in der Leitung. Es war Angela Steel, die Chefin des S.W.A.P.

»Wir sind es!«, rief Bob, der sie einhändig in halsbrecherischem Tempo zwischen den vielen Wagen hindurchschlängelte, was von den anderen Fahrern mit empörtem Hupen kommentiert wurde. Mit der anderen Hand hatte er seine Mikrokopfhörer aus der Tasche geholt und sich, genau wie Tim, in die Ohren gesteckt.

»Wer ist ›wir‹?«

»Na, Bob und Tim! Wer denn sonst?«, erklärte Tim.

»Wer?«

»*Die Faust* und *Big Brain*«, antwortete Bob.

»Sagt das doch gleich«, erwiderte Angela Steel. »Ich dachte, es wäre wieder jemand, der eines unserer zauberhaften Shuttles mieten wollte. Die gehen weg wie warme Semmeln. Wir könnten ...«

»Wir brauchen dringend auch so ein Teil«, unterbrach Tim. »Wir müssen sofort nach Sizilien.«

»Völlig unmöglich, die sind alle auf Tage ausgebucht!«, entgegnete die Chefin kühl.

»Mit dem Wagen hier brauchen wir ...«, Tim gab schnell die Daten in das S.W.A.P.-Book ein, »... da brauchen wir mindestens drei Tage für die Strecke. So viel Zeit haben wir nicht.«

»Ihr fahrt einen Wagen?!«, rief Angela Steel entsetzt. »Habt ihr überhaupt einen Führerschein?!«

»Das ist doch jetzt völlig egal«, brüllte Bob, der gerade im Slalom zwei Kleintransporter überholte. »Es geht darum, die Welt zu retten.«

»Das ist überhaupt nicht egal«, wandte die Chefin ein. »Was glaubt ihr, was das für einen Ärger gibt, wenn zwei Agenten des S.W.A.P. minderjährig und ohne Führerschein angehalten werden. Ihr habt den Wagen doch nicht etwa auch noch gestohlen?«

»Keine Sorge«, versuchte Tim sie zu beruhigen. »Der ist nur geliehen, und Bob fährt sowieso so schnell, dass ihn keiner anhalten kann.«

»Und außerdem«, fuhr die Chefin unbeeindruckt fort, »steht die Welt immer irgendwie kurz vorm Abgrund. Ich dachte, das hättet ihr mittlerweile kapiert. Das ist noch lange kein Grund, hier so eine Panik zu verbreiten. Bisher ist es dem S.W.A.P. jedenfalls immer gelungen, das Schlimmste zu verhindern.«

»Und damit das auch so bleibt, brauchen wir unbedingt ein verdammtes Shuttle«, rief Tim. »Und zwar schnell.«

»Warum nehmt ihr nicht den Atomisator?«

»Weil wir den ...«, begann Bob.

»... weil wir den Akku noch nicht wieder aufladen konnten«, unterbrach Tim seinen Freund. Bob schaute ihn verdutzt an, aber nur kurz, weil Tim aufgeregt nach vorn deutete, wo die Lücke zwischen einem Lkw und einem Kombi immer enger wurde. Bob nahm Maß und gab Vollgas. Als sie zwischen beiden Wagen hindurchzischten, war auf beiden Seiten höchstens noch ein oder zwei Zentimeter

Platz. Die Fahrer hupten ihnen aufgebracht hinterher, während die Chefin erleichtert aufseufzte. »Und ich hatte schon befürchtet, ihr hättet ihn wieder verloren!«

»Wie kommen Sie denn darauf?«, erwiderte Bob mit gespielter Empörung. »Was ist denn nun mit dem Shuttle?«

»Na ja, es gäbe da vielleicht und ganz eventuell doch eine Möglichkeit.« Die Jungs hörten, wie Angela Steel etwas in ihren Computer eingab. »Ich habe hier eine Vormerkung von einem Geschäftsmann für eine Tour von Hamburg nach Kairo, die könnte ich über Köln nach Palermo umleiten. Ihr steigt dann einfach zu.«

»Sehen Sie, mit einem bisschen guten Willen geht alles«, sagte Tim zufrieden.

»Es gibt nur ein Problem. Das zauberhafte Shuttle wird nicht auf euch warten, und das bedeutet, dass ihr exakt in einer halben Stunde am Kölner Dom sein müsst.«

»Und wo ist das Problem?« Bob scherte auf den Standstreifen aus, um schneller voranzukommen.

»Das Problem ist, dass ihr mindestens noch fünfzig Kilometer von dem Einstieg entfernt seid. Bei dem Verkehr könnt ihr das unmöglich schaffen.«

»Vertrauen Sie uns einfach«, entgegnete Bob, und Tim bestätigte: »Wenn Bob das sagt, dann schafft er das auch. Haben wir Sie jemals enttäuscht?!«

Auf der anderen Seite war ein tiefes Seufzen zu hören, bevor die Chefin erklärte: »Die Shuttle-Station liegt im Dom gleich neben dem Schrein der Heiligen Drei Könige unter einem Metalldeckel. Ihr könnt sie gar nicht verfehlen. Habt ihr sonst noch Fragen?«

»Wo steckt eigentlich Snyder?«, wollte Tim wissen.

»Das wüsste ich auch gern«, antwortete Angela Steel. »Seit heute Mittag ist er spurlos verschwunden und meldet sich auch nicht über Funk. Wenn ihr etwas von ihm hört, gebt mir Bescheid. Ich mache mir schon Sorgen.«

»Um den doch nicht«, bemerkte Bob, der jetzt auch auf dem Standstreifen kaum noch vorwärtskam, weil sich dort ebenfalls der

Verkehr zu stauen begann. »Der ist bestimmt nur mit seinem Pfleger mal raus vor die Tür, eine Runde Rollstuhlbasketball spielen.«

Die letzte Bemerkung sollte ein Witz sein, aber Angela Steel schien nicht in der Stimmung, darüber zu lachen.

»Glauben Sie, er will sich selbst ausliefern, um wenigstens eine Forderung dieser durchgeknallten Madame Hot zu erfüllen und so zumindest die Hälfte der Welt zu retten?«, erkundigte sich Tim.

»Zuzutrauen wäre es ihm. Aber er ist noch nicht fit genug. Das wäre das reinste Himmelfahrtskommando«, stöhnte Angela Steel. Tim konnte hören, dass sie sich wirklich Sorgen machte.

»Snyder kann auf sich aufpassen«, erwiderte Tim, um sie zu trösten, obwohl er selbst nicht daran glaubte.

»Hoffen wir das Beste. Ich wünsche euch jedenfalls viel Glück, und wenn ihr Snyder trefft, dann ...«

»... geben wir auf jeden Fall Bescheid. Sie können sich auf uns verlassen. Auch was das Weltretten und so angeht«, sagte Bob.

»Mir bleibt ja auch gar nichts anderes übrig«, entgegnete die Chefin. »Und jetzt Ende und raus. Ich habe schließlich noch anderes zu tun.«

»Shoppen gehen zum Beispiel«, murmelte Tim, aber da war die Leitung auch schon wieder unterbrochen. »Meinst du, wir schaffen das?«, wandte er sich an Bob. »In nur einer halben Stunde?«

»Wenn wir da vorn rausfahren, schon.« Bob zeigte auf eine schmale Ausfahrt, die für die Wagen der Autobahnmeisterei gedacht war. Genau in dem Augenblick, als er das Lenkrad herumriss, gab es hinter ihnen drei große Explosionen kurz hintereinander. Für einen Moment dachte Tim, auf der Autobahn hätte sich eine Massenkarambolage ereignet. Aber dafür waren die Detonationen viel zu laut gewesen. Als er sich umdrehte, sah er am Horizont drei riesige dunkelgraue Rauchsäulen, die sich schnell ausbreiteten und mit der grauen Wolkendecke vermischten, aus der kurz darauf schwarze Regentropfen auf die Erde fielen.

»Muss das jetzt auch noch anfangen zu schütten.« Bob schaltete die Scheibenwischer ein.

»Das hört gleich wieder auf«, erklärte Tim.

»Bist du jetzt auch noch Wetterprophet von Beruf, oder woher willst du das wissen?«

»Weil das kein Regen ist, sondern das Wasser aus den Maaren. So nennt man hier in der Gegend die Seen, die sich über Jahrtausende in den Vulkantrichtern gebildet haben.«

Der Niederschlag hörte tatsächlich genauso schnell wieder auf, wie er gekommen war. Die Vulkane hatten sich ihren Weg freigeblasen und feuerten nun in schneller Folge Wasser, Magma, Steine und Asche in die Luft. Unmengen von Asche.

»💣🌀⚡☠≡#🗡!«, fluchte Tim, und Bob, der das düstere Spektakel im Rückspiegel beobachtete, ergänzte: »💣🌀⚡☠≡#🗡!«

KAPITEL ACHTZEHN
HALTESTELLE KÖLNER DOM

Schon nach wenigen Metern erkannte Bob, dass sie in einer Sackgasse gelandet waren. Die Ausfahrt führte zu einer Autobahnmeisterei und sonst nirgendwohin. Bob riss das Lenkrad herum und bretterte mit dem Wagen über eine Böschung. Das Auto hob ab und segelte ein paar Meter durch die Luft, ehe es auf einem dahinterliegenden Zuckerrübenfeld landete.

Tim grunzte nur amüsiert und nahm sich die Akte vor, die er vor sich auf dem Schoß hielt, während Bob querfeldein raste und er selbst dabei auf seinem Sitz hin und her geworfen wurde. Draußen war es jetzt noch dunkler geworden. Asche fiel auf die Erde wie schwarzer Schnee.

Bob schaltete die Scheibenwischer an, die jedoch schnell verschmierten und sich kurz darauf endgültig verabschiedeten. Auf der Windschutzscheibe gab es jetzt nur ein winziges, kreisrundes Loch, durch das Bob das Gelände vor sich erkennen konnte, und das auch nur, weil er sich immer wieder aus dem Seitenfenster hinausbeugte, um mit dem Ärmel seiner Daunenjacke die Asche wegzuwischen. Tim knipste das Deckenlicht des Wagens an, um in den Akten überhaupt noch etwas zu erkennen. Soweit er es beurteilen konnte, ging es in den Papieren vor allem um Geschäftliches: Raketenbestellungen für Betriebsfeste, Hochzeiten und natürlich zu Silvester. Die Fabrik schien die ganze Welt mit ihren Feuerwerkskörpern zu beliefern und hatte ihren Verwaltungssitz in Palermo, genau wie Hoka Hay gesagt hatte. Der letzte Aktenvermerk war erst gestern verfasst und von Madame Hot eigenhändig unterzeichnet worden. Und zwar in der Fabrik! Tim stutzte einen Moment: Das bedeutete, dass die Jungs sie nur knapp verpasst haben mussten. Tim blätterte weiter, fand ansonsten aber nicht viel Neues, bis er auf einen Brief stieß, der im Gegensatz zu den anderen Papieren mit der Hand geschrieben war. Obwohl ihm vom Lesen während der halsbrecherischen Fahrt schon ganz übel war, versuchte er, die krakelige Schrift zu entziffern. Er war sich sicher, dass es dieselbe Handschrift war, die auch die Akten unterzeichnet hatte. Der Brief musste also von Madame Hot stammen und wirkte auf Tim, als wäre er in großer Eile oder in noch größerer seelischer Erregung niedergeschrieben worden. Die Wörter wären selbst an einem ruhigeren und helleren Ort nur schwer zu entziffern gewesen.

»Den Kompass können wir uns von hier aus sparen«, unterbrach Bob die Lektüre seines Freundes.

Tim sah auf und erkannte die beiden Turmspitzen des Kölner Doms am Horizont, die matt leuchtend zwischen dem Ascheregen zu erkennen waren. Tim steckte den Brief ein, um ihn später in Ruhe zu lesen. Dann blickte er auf die Uhr.

»Nur noch zehn Minuten. Meinst du, wir schaffen das?«

»In zehn Minuten schaffe ich das sogar mit einem Dreirad«, erwiderte Bob, der mit dem Wagen jetzt von dem Feldweg auf eine Einfallstraße einbog, die von Westen her in die Stadt hineinführte. Je näher sie dem Dom kamen, desto leerer wurden die Straßen. Tim nahm an, dass die Menschen nach Osten geflohen waren. Weg von den Vulkanen, aus deren Richtung sie sich jetzt immer weiter dem Zentrum Kölns näherten. Die Stadt war wie ausgestorben und schien tatsächlich bereits weitgehend evakuiert worden zu sein. Nur ab und zu huschten ein paar Gestalten die mit Asche bedeckten Bürgersteige entlang. Autos fuhren hier keine mehr. Bob wünschte, sie hätten Winterreifen, denn wegen ihres hohen Tempos gerieten sie auf dem rußverschmierten Straßenbelag immer wieder ins Schleudern. Tim hatte den Aktenordner längst auf den Boden geworfen. Er brauchte beide Hände, um sich an den Haltegriffen festzuklammern, sonst hätte es ihn glatt auf die Rückbank geschleudert. Auch Bob hatte das S.W.A.P.-Book in den Fußraum gepfeffert, weil er das Steuer mit beiden Händen umklammert hielt. Zum Glück hatte der Ascheregen inzwischen etwas nachgelassen, sodass er seine Hände nicht mehr ständig zum Freiwischen der Windschutzscheibe brauchte.

»Ich bezweifle, dass wir genug Zeit haben, denen da vorn zu erklären, was wir ohne Führerschein und mit einem geklauten Wagen hier zu suchen haben«, rief Tim und deutete mit dem Kinn auf drei Polizeiautos, die hundert Meter vor ihnen die Straße blockierten.

»Festhalten!«, brüllte Bob und hüpfte mit dem Wagen über die Bordsteinkante.

»Danke für den Tipp! Was glaubst du, was ich die ganze Zeit mache?!«, rief Tim zurück, als sein Freund den Geländewagen auch schon auf einen dichten Wacholderbusch zusteuerte. Krachend brach das Auto durch das Gebüsch, hinter dem ein großzügig angelegter Park lag. Bob bretterte mit dem Wagen über eine große Liegewiese, die unter einer dicken grauen Ascheschicht wie unter einer Schneedecke verborgen war. Tim horchte, ob hinter ihnen die Sirenen der Streifenwagen ertönten. Aber entweder hatten die Polizisten sie gar nicht gesehen, oder die Jungs waren den Beamten angesichts der Weltuntergangsstimmung, die über der ganzen Stadt lag, schlicht und einfach egal. Bob durchquerte den Park und verließ ihn durch einen Ausgang auf der gegenüberliegenden Seite. So oder so ähnlich umgingen sie noch fünf weitere Polizeisperren. Bob und Tim hätten gern ein paar Infos über die aktuelle Lage gehabt, aber beim S.W.A.P. meldete sich niemand, und im Radio lief nur noch Musik in einer nervtötenden Endlosschleife, weil die Mitarbeiter ihren Sender längst aufgegeben hatten.

Kurz darauf stoppte Bob ihren Wagen direkt vor dem Kölner Dom. Auch der Platz rund um die Kirche sah aus wie frisch mit schwarzem Schnee bedeckt. Die Aschedecke lag völlig unberührt vor ihnen, weil niemand mehr da war, der seine Fußabdrücke hier hätte hinterlassen können. Als die Jungs aus dem Auto sprangen, standen sie bis zu den Knöcheln in der Asche.

Tim schnappte sich seine Daunenjacke und stapfte voraus zum Hauptportal der Kirche. Als Bob ihn eingeholt hatte, hielt Tim bereits die bronzene Klinke in der Hand. Zu ihrer beider Überraschung war das Tor offen. Sie brauchten es nur aufzustoßen, um in das Innere der Kathedrale zu gelangen. Hinter ihnen fiel die Tür krachend ins Schloss.

Es dauerte eine Weile, bis sich die Augen der Jungs an die Dunkelheit im Inneren des Doms gewöhnt hatten. Außer einer ganzen Reihe von Kerzen, die vor einem Bild der heiligen Maria brannten, war es stockduster. Auch durch die großen Fenster fiel kein Licht herein, weil sich die Ascheflocken fingerdick auf die Scheiben gesetzt hatten. Von innen sah es aus, als hätte man die bunten Kirchenfenster von außen mit schwarzer Farbe überstrichen.

Soweit Bob und Tim das beurteilen konnten, waren sie die einzigen Menschen im Dom. Tim hatte erwartet, hier eine ganze Reihe von Gläubigen anzutreffen, die sich nicht auf die Jungs vom S.W.A.P. verlassen, sondern den drohenden Weltuntergang mit ihren Gebeten stoppen wollten. Aber entweder waren sie schon fertig damit, oder sie hatten eingesehen, dass Worte gegen Madame Hot nicht viel ausrichten konnten. Die Kirchenbänke, an denen Bob und Tim vorbeiliefen, waren jedenfalls alle leer, und auch in den Kapellen rechts und links war im Schein der Kerzen keine Menschenseele zu sehen. Bob blickte an den hohen Säulen empor, die den Gang säumten, aber nach ein paar Metern verschwammen ihre Umrisse in der Dunkelheit. Als sie vorne an den Stufen des Altars ankamen, versperrte ihnen ein Gitter den Weg zum goldenen Schrein der Heiligen Drei Könige. Bob und Tim sahen sich nur kurz an, nickten sich zu und kletterten an den schmiedeeisernen Stäben empor und auf der anderen Seite wieder hinunter. Kurz darauf standen sie auch schon vor dem Dreifachsarg, der in der Dunkelheit hinter dem schützenden Glas matt schimmerte. Bob und Tim hatten keine Zeit, die wertvolle Goldschmiedearbeit zu bewundern. Ihre Augen suchten den Boden nach der Platte ab, unter der sich der Einstieg zur Shuttle-Station befand.

Bob bückte sich und schob das Gitter zur Seite. Darunter war ein Sichtschutz, der den Einstieg vor neugierigen Blicken verbarg. Als Bob die schwarze Folie entfernte, sprang er geblendet zurück, weil ihm aus der Tiefe gleißend helles Licht entgegenstrahlte.

»Was hast du entdeckt? Den Heiligen Gral?«, fragte Tim.

»So etwas Ähnliches«, erwiderte Bob. »Drei Neonröhren. Vermutlich ist da unten auch irgendwo ein Bewegungsmelder, der die Dinger angeknipst hat, als ich das Gitter weggeschoben habe.«

»Verschon mich mit den technischen Details, sonst verpassen wir doch noch das Shuttle«, sagte Tim und zwängte sich als Erster durch das Loch in den Schacht, in dem eine hölzerne Wendeltreppe steil nach unten führte. Als sie unten ankamen, empfing sie ein Schild mit der Aufschrift »Willkommen in Köln«. Es sah noch ganz neu aus, und wer auch immer es dort angebracht hatte, hatte seinen Werkzeugkasten auf dem schmalen Bahnsteig der Shuttle-Station vergessen.

»Ich tippe auf Otto«, sagte Bob, der neugierig in dem Kasten herumkramte. »Wenn einer so schusselig ist, sein Werkzeug stehen zu lassen, dann S.W.A.P. 0815. Aber schon nett von der Chefin, uns hier so freundlich zu begrüßen.«

»Das ist doch nicht für uns«, entgegnete Tim. »Das ist für die zahlenden Shuttle-Kunden. Der S.W.A.P. will denen was bieten für das viele Geld, das sie für eine Fahrt blechen müssen.«

»Und wir fahren umsonst. Ist doch super!« Bob hatte in dem Kasten einen Akku-Schrauber gefunden, der aus der Ferne beinahe wie ein Atomisator aussah. Zumindest, wenn man nicht so ganz genau hinschaute.

»Würde mich gar nicht wundern, wenn Angela Steel uns am Ende alle unsere Shuttle-Fahrten in Rechnung stellt«, brummte Tim und schaute angestrengt in die Röhre. »Außerdem hat das Teil Verspätung.«

Bob, der jetzt hinter Tim stand, klopfte seinem Freund auf die Schulter.

»Du guckst in die falsche Richtung, *Big Brain*. Das Shuttle kommt von der anderen Seite.«

Als Tim sich umdrehte, sah er es selbst. Das kleine blaue Licht am Ende der Röhre wurde schnell größer.

»Ich hoffe nur, da sitzen jetzt nicht zufällig ein paar Brasilianer drin«, bemerkte Bob.

»Und wennschon! Du bist doch bewaffnet«, erwiderte Tim und

deutete auf den Akku-Schrauber, den Bob immer noch in der Hand hielt.

»Der hilft mir aber nur, wenn die eine Schraube locker haben.«

Die Jungs spürten die warme Luft, die die Kapsel vor sich her durch den Tunnel schob, dann stand das Shuttle auch schon vor ihnen. Die Kuppel der Kapsel glitt auf und gab den Blick frei auf einen dicken Mann mit Glatze.

KAPITEL NEUNZEHN PIRATEN IM TUNNEL

»Sie sind zu spät«, sagte Tim und blickte vorwurfsvoll auf seine Uhr. »Genau eine Minute und fünfunddreißig Sekunden.«

»Aber wenn Sie uns versprechen, dass das nicht wieder vorkommt, behalten wir es für uns«, ergänzte Bob.

»Was fällt euch ein! Wer seid ihr überhaupt? So eine Unverschämtheit. Das ist meine Kapsel! Ich habe sie gemietet«, schimpfte der Mann, der auf dem vorderen der beiden Sitze saß und die Jungs mit einer Mischung aus Erstaunen und Empörung anstarrte. Der kahlköpfige Shuttle-Passagier war so dick, dass Bob sich fragte, wie er es überhaupt geschafft hatte, sich in die Kapsel hineinzuzwängen. Tim dagegen fragte sich, ob der Mann seinen teuren, maßgeschneiderten Anzug nur trug, weil es in seiner Größe in normalen Geschäften nichts zu kaufen gab, oder, weil Geld bei ihm keine Rolle spielte. Wahrscheinlich eine Mischung aus beidem. Schließlich konnte sich der neureiche Glatzkopf auch eine kostspielige Reise mit dem S.W.A.P.-Shuttle leisten, während die anderen Menschen in ihren Autos, auf dem Fahrrad oder zu Fuß vor den Vulkanausbrüchen fliehen mussten. Aber das behielt Tim für sich. Stattdessen sagte er nur »Bingo Flamingo« und kletterte auf den freien Sitzplatz hinter dem Mann. »Sie haben die Kapsel gemietet, und uns gleich mit dazu. Wir sind quasi im Preis mit drin.«

»Genau«, sagte Bob, der sich auf den hinteren Sitz neben seinen Freund quetschte. »Wir sind Ihre persönliche Leibgarde. Es ist unsere Pflicht und unser Vergnügen, Sie unbeschadet nach Palermo zu bringen.«

»Aber ich will doch gar nicht nach Palermo!«, widersprach der Mann und wischte sich den Schweiß von der Glatze. Das Schwitzwasser staute sich an einer Nackenfalte bereits fingerdick, und Bob hatte schon darauf gewartet, dass es sich in einem Schwall über das Gesicht des Mannes ergoss.

»Wir aber«, erklärte Tim. »Außerdem müssen Sie sowieso über

Palermo. Alle Shuttle-Strecken führen über Palermo. Wussten Sie das nicht?«

Der Mann schüttelte den Kopf, weil er sich nicht sicher war, ob Tim die Wahrheit sagte oder nicht.

»Wenn Sie uns da abgesetzt haben, fahren Sie den Rest der Strecke allein weiter. Wir begleiten Sie nur bis dort, weil es der gefährlichste Teil der Strecke ist. Würden Sie also jetzt bitte das Verdeck schließen? Hier zieht es nämlich, und wir möchten ja nicht, dass Sie sich erkälten. Schließlich sind wir für Ihre Sicherheit verantwortlich.« Tim deutete mit einem freundlichen Lächeln auf den Griff, mit dem sich die gläserne Kuppel der Kapsel zuklappen ließ. Der Dicke runzelte die Stirn. Bob und Tim konnten ihm direkt dabei zusehen, wie es in seinem kahlen Kopf arbeitete. Endlich grunzte er zustimmend, drehte sich wieder nach vorn um und schloss die Kuppel über ihnen. Im nächsten Moment verschwand das Shuttle auch schon in der Röhre vor ihnen.

Tim holte den handgeschriebenen Brief, den er in dem Aktenordner gefunden hatte, aus der Tasche. Er hatte sich schon so an die Shuttle-Transfers gewöhnt, dass ihm das Lesen in der Kapsel keine Übelkeit verursachte. Bob starrte auf den Hinterkopf ihres Mitfahrers, auf dem sich immer neue Schweißtropfen bildeten, die ihr Vordermann sich alle paar Sekunden mit einem Stofftaschentuch von der Glatze wischte. Bob grinste. Es war nicht schwer zu erraten, dass der Mann die Fahrt nicht wirklich zu genießen schien.

»Die verstecken sich hier unten und rauben reiche Shuttle-Passagiere aus. Aber vorher schneiden sie ihnen das Herz aus dem Leib, um ihren Vitaminbedarf zu decken. Die kriegen hier unten ja keine Sonne, und da fehlt es ihnen an Vitamin C. Zwischen hier und Palermo ist es ganz schlimm. Es ist so furchtbar, dass man am besten gar nicht darüber redet«, erklärte Bob, der sich sehr zusammenreißen musste, um nicht laut loszulachen, während Tim sich weiter mit dem Brief beschäftigte. »Lassen Sie uns lieber über erfreuliche Dinge sprechen: Wie läuft da oben die Weltmeisterschaft in China?«

Der Mann musste sich erst wieder den Schweiß von seiner Glatze wischen, ehe er antworten konnte. »Peru hat gegen Deutschland gewonnen.«

»Wie bitte? Das gibt es doch gar nicht!«, rief Bob überrascht, und sogar Tim schaute kurz von dem Brief auf, obwohl er sich gar nicht für Fußball interessierte.

»7:1«, präzisierte der Glatzkopf, ohne sich dabei nach Bob umzudrehen. Er starrte in die Röhre und hielt ängstlich Ausschau nach den Tunnel-Piraten.

»Aber das ist völlig unmöglich!«, sagte Bob.

»Ist es nicht«, entgegnete der Mann. »Als überall die Vulkane ausgebrochen sind, haben sich die Top-Spieler alle davongemacht. Die hatten ja genug Geld, um sich ein Shuttle wie dieses hier leisten zu können. Zurückgeblieben sind die Fans und die Mannschaften mit den Spielern, die nicht so viel verdienen. Gehen ja schon seit Tagen keine Flieger mehr. Damit die Meisterschaft trotzdem weitergeht, hat man für die Nationalmannschaft ein paar kickende Fans engagiert. Und gegen die peruanischen Halbprofis hatten die deutschen Schlachtenbummler nicht den Hauch einer Chance. Die Peruaner stehen jetzt übrigens auch im Halbfinale gegen Island.«

Bob hatte recht gehabt. Je länger er sprach, desto ruhiger wurde der Mann wieder. Das Sprechen lenkte ihn so ab, dass auch sein Schwitzen nachließ.

»Und an der ganzen Misere ist nur dieser Feigling Thomas Snyder schuld, von dem keiner weiß, wer das überhaupt ist. Ich verstehe nicht, warum man den Kerl dieser Verrückten nicht einfach ausliefert, damit endlich wieder Ruhe ist!«

Der Mann duckte sich so tief, wie sein dicker Bauch es zuließ, und fing vor Angst leise an zu wimmern. Tim warf seinem Freund einen amüsiert tadelnden Blick zu und stieß ihm mit dem Ellenbogen leicht in die Seite. Bob zuckte nur grinsend die Schultern und rief mit scheinbar vor Furcht bebender Stimme: »Bleiben Sie ja da unten und beten Sie für uns! Es ist eine ganze Horde, aber mit etwas Glück schaffen wir es!«

Tim stieß Bob noch einmal mit dem Ellenbogen an. Diesmal etwas stärker, damit sein Freund mit dem Quatsch endlich aufhörte. Doch Bob ließ ihren Mitfahrer noch ein paar Sekunden zappeln, ehe er tief durchatmend verkündete: »Puhhh, das war knapp. Sie können wieder hochkommen. Wir waren zu schnell für die Piraten, und ein paar von denen habe ich sogar mit der eingebauten Laserkanone des Shuttles erwischt.«

Erleichtert richtete sich der Mann auf und strahlte Bob an. »Du hast mir das Leben gerettet! Wie kann ich das jemals wiedergutmachen?«

»Indem Sie nicht noch einmal behaupten, dass Thomas Snyder ein Feigling ist«, erwiderte Bob. »Wenn Sie mir das versprechen, verspreche ich Ihnen auch, beim nächsten Piratenüberfall nicht anzuhalten und Sie aus dem Shuttle zu werfen.«

»Ich weiß zwar immer noch nicht, wer dieser Snyder überhaupt ist. Aber meinetwegen hast du mein Ehrenwort«, murmelte der Glatzkopf eingeschüchtert.

Den Rest der Fahrt sprach niemand mehr ein Wort. Der Dicke starrte in den Tunnel, aus Angst vor weiteren Shuttle-Piraten, die dort überall lauern konnten, Bob versuchte zu schlafen, und Tim bemühte sich weiter, die Handschrift von Madame Hot zu entziffern, weil er sicher war, in dem Brief einen Hinweis zu finden, der ihnen weiterhelfen würde. Denn bislang waren sie bei der Lösung ihrer Aufgabe noch nicht so furchtbar weit gekommen, das war Tim klar. Sie hetzten von einem Ort zum anderen und schienen dabei immer den entscheidenden Schritt zu spät zu kommen. Viel Zeit blieb ihnen nicht mehr. Wenn schon in der Eifel die erloschenen

Vulkane hochgingen, würde es anderswo auf der Welt auch nicht besser aussehen. Sie mussten unbedingt Kontakt mit der Zentrale aufnehmen, um sich ein Update zu verschaffen. Zuerst aber musste er endlich diesen Brief entziffern. Es war nicht viel, aber das Einzige, was sie hatten. Mal abgesehen von dieser Adresse in Palermo, falls das nicht nur eine Briefkastenfirma war. Dann wäre ihre ganze Reise vergebens gewesen. Tim rieb sich angespannt sein krebsrotes Ohrläppchen und wedelte mit der freien Hand durch die Luft, als wollte er seinen letzten Gedanken verscheuchen wie eine lästige Fliege.

Dann widmete er sich wieder dem Brief, bis das Shuttle spürbar abbremste und an einer Station mit der Aufschrift »Benvenuto a Palermo« zum Halten kam.

»Wo wollen Sie eigentlich hin?«, wollte Bob wissen, als er und Tim aus dem Shuttle stiegen.

»Nach Südafrika«, erklärte der Glatzkopf, dem die Vorstellung, allein weiterreisen zu müssen, überhaupt nicht zu gefallen schien.

»Oje«, sagte Bob und machte ein besorgtes Gesicht.

»Was ist denn?« Der Mann wurde zusehends nervöser.

»Die Strecke ist sogar fast noch gefährlicher. Aber Sie werden es schon schaffen ... irgendwie«, erwiderte Bob und schloss die Kuppel der Kapsel, sodass sie nicht verstehen konnten, was ihnen der Dicke zurief. Das Letzte, was sie von ihm sahen, waren seine vor Angst weit aufgerissenen Augen, als er sich zu ihnen umdrehte, während das Shuttle bereits wieder Fahrt aufnahm und in die Röhre davonsauste.

»Das war ganz schön fies von dir«, sagte Tim, als die Jungs die Trittleiter im Schacht hinaufstiegen. »Shuttle-Piraten! Hätte ich dir gar nicht zugetraut.«

»Man tut, was man kann«, entgegnete Bob und grinste.

»Da war allerdings ein kleiner Fehler in deiner Geschichte. Es ist Vitamin D, nicht Vitamin C, das dem Körper fehlt, wenn er keine Sonne kriegt.«

»Klugscheißer«, murmelte Bob, der schon oben angekommen war und den Schachtdeckel zur Seite schob. Von oben rieselte Asche auf sie herab – ein untrügliches Zeichen dafür, dass auch hier der Vulkan bereits ausgebrochen war.

»Apropos Klugscheißer! Wusstest du, dass Asche im Mittelalter richtig wertvoll war? Daraus hat man Glas gemacht und Seife. Deswegen sagt man zu Geld ja auch Asche.«

»Klugscheißer«, wiederholte Bob.

»Das sagtest du schon«, erwiderte Tim.

»Das kann man gar nicht oft genug sagen«, entgegnete Bob. »Und jetzt lass uns endlich da rausgehen.«

KAPITEL ZWANZIG
EIN GRAUER TAG IN PALERMO

Der Schacht endete in einem engen Hinterhof, der von hohen, hässlichen Mietshäusern umgeben war. Tim blickte nach oben. Der Himmel über Sizilien war dunkelgrau, und die Wäsche, die auf langen Leinen quer über dem Hof hing, hatte dieselbe Farbe. Von den Fassaden der Häuser blätterte der Putz ab, und die überquellenden Mülltonnen ließen ebenfalls nicht darauf schließen, dass sie hier in einem Nobelviertel gelandet waren. Im Gegenteil. Darauf deuteten auch die Ratten hin, die zwischen Mülltonnen herumwuselten und auf der frisch gefallenen Asche ihre Spuren hinterließen. Bob, der Ratten nicht leiden konnte, legte mit seinem Akku-Schrauber auf eines der Tiere an, das sich ihnen neugierig näherte. Unbeeindruckt setzte sich die Ratte auf die Hinterbeine und reckte schnuppernd ihre Nase in die Luft.

»Ratten sind kluge Tiere. Die erkennen den Unterschied zwischen einem gefährlichen Atomisator und einem harmlosen Heimwerkerspielzeug auf den ersten Blick«, kommentierte Tim grinsend. Er machte einen Schritt auf die Ratte zu und rief: »BUH!«

Sofort drehte das Tier um und verschwand durch eine offene Tür in einem Raum, der von außen wie die schmierige Küche eines noch schmierigeren Restaurants aussah.

»Hoffentlich ist sie auch klug genug, in dem Laden da lieber nichts zu essen«, bemerkte Tim.

Aus der Küche war Gesang zu hören und das Klappern von Töpfen. Kurz darauf zerschellte ein Teller auf dem Boden, und eine weibliche Stimme fing laut an zu kreischen.

»Da hat wohl jemand gemerkt, dass sie Kundschaft aus dem Hinterhof bekommen haben«, sagte Bob und lief mit Tim in die Gasse, die durch eine Tordurchfahrt hinaus auf die Straße führte. Auch in Palermo stauten sich die Autos, aber es war nicht dieselbe Art von Stau, wie die Jungs ihn in Reykjavík und in der Eifel erlebt hatten. Sie hatten beide nicht den Eindruck, dass die Menschen hier panisch waren und so schnell wie möglich aus ihrer Stadt verschwinden wollten. Es machte eher den Eindruck, als wäre das Verkehrschaos hier der Normalzustand.

»Vielleicht ist der Vulkan hier ja noch gar nicht ausgebrochen«, vermutete Bob.

»Doch, ist er«, erwiderte Tim und zeigte auf den Gastraum der Pizzeria, die zu der Küche im Hinterhof gehören musste. Durch eine fettverschmierte Fensterscheibe sahen sie einen Fernseher, der an der Wand hing und Livebilder vom Ätna zeigte. Der schwarze Vulkan stieß dunkle Aschewolken aus, so als litte er unter heftigen Blähungen. Die Menschen, die in der Pizzeria aßen, würdigten die beunruhigenden Bilder keines Blickes, sondern unterhielten sich einfach weiter oder lasen seelenruhig in ihrer Zeitung.

TÖFF TÖFF TÖFF
TÖFF
PUTT PUTT
Wenn der da drin eine Pizza isst, wird er seine Vespa nicht mehr brauchen.
LOS!
Mamma Mia! Stopp! Stopp!

»Wir hätten uns seine Adresse geben lassen sollen, damit der S.W.A.P. ihm eine Entschädigung zahlt. Genau wie dem Typen, dem der Geländewagen gehörte«, rief Bob, während er mit der Vespa um die anderen Wagen herumkurvte.

»Wieso? Wir machen doch nichts kaputt. Wir leihen sie uns ja nur. Außerdem ist es doch für einen guten Zweck«, erwiderte Tim, der seine Arme um Bobs Bauch geschlungen hatte, um bei der rasanten Fahrt nicht hinten runterzufallen. »Immerhin sind wir unterwegs, um die Welt zu retten, und wenn uns das nicht gelingt, nützt ihm seine Vespa auch nichts mehr.«

»Stimmt auch wieder«, pflichtete Bob ihm bei und wich im letzten Moment einem anderen Mopedfahrer aus, der genau wie er selbst auch die engste Lücke nutzte, um in dem Chaos auf der Straße irgendwie voranzukommen. Als er ihn überholte, war es Bob für einen Moment, als hätte der andere Fahrer an seinen Füßen gelb-grüne Flipflops getragen. Aber weil Bob sich nicht wirklich sicher war, sagte er Tim nichts von seiner Beobachtung. Außerdem gab es bestimmt auch noch andere Menschen, die Flipflops in den brasilianischen Nationalfarben trugen. Ob der Clown, der vor einem Gemüseladen stand und aus Luftballons Gummitiere knotete, ebenfalls welche trug, konnte Bob auf die Schnelle dann nicht mehr erkennen, weil ein parkendes Auto ihm die Sicht auf die Füße des Mannes verdeckte. Bob schüttelte den Kopf, um die beunruhigenden Gedanken loszuwerden. Er fing langsam schon an, überall Brasilianer zu sehen, und das war nicht gut. Ein Anfall von Verfolgungswahn war das Letzte, was er sich jetzt leisten konnte. Dazu musste er sich viel zu sehr auf den Verkehr konzentrieren.

Während Bob versuchte, nicht weiter über gelb-grüne Badelatschen zu grübeln, zog Tim mit seiner rechten Hand das S.W.A.P.-Book hervor, um nach dem richtigen Weg zu dem sizilianischen Firmensitz der Rocket Star Factory zu suchen.

Das Bürogebäude lag etwas außerhalb der Stadt. Auf ihrem Weg blickte Bob ständig über seine Schulter, um zu sehen, ob sie verfolgt wurden.

»Es wäre mir lieber, wenn du bei dem Tempo nach vorn auf die Straße schauen würdest, statt dich ständig umzugucken«, rief Tim, weil die Vespa frisiert war und sie mit deutlich über fünfzig Stundenkilometern unterwegs waren, wenn der Verkehr es zuließ. Tatsächlich wurden die Straßen leerer, je weiter sie sich von der Innenstadt entfernten.

»Aber nur, wenn du mir endlich erzählst, was in dem Brief steht.« Bob drehte sich wieder nach vorn. Von dem anderen Vespafahrer war nichts zu sehen, und weit und breit waren auch keine Clowns mehr zu entdecken. Wahrscheinlich hatte er sich bei der Farbe der Flipflops einfach nur getäuscht. Es war ja alles ganz schnell gegangen.

»Das war die Kopie eines Liebesbriefes«, verriet Tim, der sich zu Bob vorbeugte, um nicht so schreien zu müssen. »Es hat ganz schön gedauert, bis ich ihn entziffert hatte, und dreimal darfst du raten, an wen unsere heißblütige Madame Hot geschrieben hat.«

Für einen Moment verlor Bob die Kontrolle über die Vespa. Die Nachricht haute ihn einfach um, und beinahe wäre er mit einem Viehtransporter zusammengestoßen, der mit grunzenden Schweinen beladen war und ihnen auf der linken Straßenseite entgegenkam. Schnell riss Bob den Lenker wieder herum, um in letzter Sekunde einen Zusammenstoß zu verhindern.

»Und? Hat er geantwortet?«, erkundigte sich Bob, als er den Motorroller wieder unter Kontrolle hatte.

»Keine Ahnung, aber vielleicht ist genau das ihr Motiv«, vermutete Tim. »Unerwiderte Liebe!«

»Deswegen will man doch nicht gleich die ganze Welt in ein flammendes Inferno verwandeln«, entgegnete Bob.

»Woher soll ich das wissen? Ich war noch nie verliebt«, meinte Tim. »Du etwa?«

»Natürlich nicht! Spinnst du?«, widersprach Bob etwas zu energisch.

»Auf jeden Fall würde das erklären, warum sie so wild darauf ist, Snyder ausgeliefert zu bekommen. Ich würde sogar die gewagte Behauptung aufstellen, das mit der Weltherrschaft ist ihr schnurzpiepegal. Ihr geht es nur um Snyder!«

»Und der ist jetzt ganz zufällig plötzlich verschwunden«, bemerkte Bob. »Vielleicht ist das gar keine unerwiderte Liebe. Vielleicht stecken die beiden unter einer Decke.«

»Das will ich mir lieber nicht vorstellen.« Tim schüttelte sich.

»Doch nur bildlich gesprochen. Aber möglicherweise arbeiten die zwei zusammen. Könnte doch sein, oder?«

»Glaube ich nicht.«

»Ja, aber nur, weil die Idee ausnahmsweise mal nicht von *Big Brain* kommt. Immerhin hat er uns angelogen und behauptet, er kenne die Frau überhaupt nicht.«

»Vielleicht war es ihm einfach nur peinlich.« Tim griff sich unwillkürlich an sein Ohr, während er nachdachte: Was wäre, wenn Bob recht hatte? Was, wenn Snyder tatsächlich die Seiten gewechselt hatte und jetzt gemeinsam mit seiner Liebsten die Welt regieren wollte? Was, wenn er es einfach satthatte, für einen Geheimdienst in Geldnöten zu arbeiten, und lieber das ganz große Rad drehen wollte? Was dann?

Tim schüttelte den Kopf.

»Diese Madame Hot ist doch gar nicht sein Typ.«

»Du bist doch sonst so ein cleveres Kerlchen«, erwiderte Bob. »Nur weil du dir das nicht vorstellen kannst, bedeutet das noch lange nicht, dass es nicht so sein könnte. Wir sollten die Möglichkeit zumindest im Hinterkopf behalten.«

»Hat hier, ohne dass ich es mitgekriegt habe, etwa eine Gehirntransplantation stattgefunden? Bist du jetzt das Superhirn und ich der Typ mit dem linken Haken?«, sagte Tim und grinste. Das konnte Bob im Rückspiegel der Vespa sehen.

»Vielleicht eine Nebenwirkung unserer Reise mit dem Atomisator«, entgegnete Bob und grinste zurück. »Wir sind übrigens da.«

Das Gebäude, in dem der Verwaltungssitz der Rocket Star Factory untergebracht war, lag in einem Industriegebiet. Es war ein schmuckloser Bau, der weitgehend leer zu stehen schien. Zumindest deuteten die Werbetafeln eines örtlichen Maklers in den oberen Etagen darauf hin.

Bob parkte den Motorroller auf dem Parkplatz, auf dem nur ein paar wenige Autos abgestellt waren. Frische Reifenspuren waren in der Asche, die den Parkplatz auch hier wie Schnee bedeckte, nicht zu entdecken. Dazu blies der Wind vom Meer zu kräftig. Er hatte bereits die Spuren der Vespa wieder zugeweht, obwohl die Jungs gerade erst angekommen waren. Mit Ausnahme eines Lieferwagens waren alle Autos dick mit dunkelgrauer Asche überzogen. Die Schicht auf dem Kleinlaster war deutlich dünner, weil er – wie Tim vermutete – erst vor Kurzem hier abgestellt worden war. Sonst wäre auch der Schriftzug auf der Seite des Wagens nicht so gut zu lesen gewesen: »Alle Rohre werden frei, kommt die Firma S.W.A.P. vorbei«.

Bob nickte Tim vielsagend zu, als sie von der Vespa stiegen, die Bob direkt neben dem Kleintransporter geparkt hatte. Tim fischte den Kopfhörer aus der Tasche und steckte ihn sich ins Ohr.

»Zentrale, bitte melden!«, sprach Tim, während Bob seine Kopfhörer ebenfalls herausholte, um mithören zu können.

»Hier ist Angela Steel ...«, ertönte die Stimme der Chefin des S.W.A.P. in der Leitung.

»Na wunderbar, wir müssen Ihnen unbedingt ...«

»... ich bin im Augenblick nicht zu erreichen«, fuhr die Stimme in der Leitung fort. »habe aber eine zauberhafte Nachricht für S.W.A.P. 0098 und S.W.A.P. 0099. Schaut mal in eurem Handbuch nach, da gibt es Neuigkeiten für euch.«

Tim und Bob sahen sich verwundert an, dann warf Tim einen Blick auf das Display ihres S.W.A.P.-Books. Dort war tatsächlich eine Nachricht für sie eingegangen. Die Jungs steckten ihre Köpfe zusammen, um sie gemeinsam lesen zu können.

»Wenn ihr das hier lest, weiß ich zumindest, dass ihr noch lebt. Das kann ich von Snyder leider nicht behaupten. Es gibt immer noch nichts Neues von S.W.A.P. 0001. Aber ich soll euch von einem Doktor Brandt grüßen, den wir in Island auf seinem Surfbrett aus einem Lavastrom gefischt haben. Er hat Proben genommen und kann jetzt mit Sicherheit sagen, dass da irgendwer den Erdmantel angebohrt hat. Keine Ahnung, was das bedeuten soll, aber vielleicht könnt ihr was damit anfangen. Diese Mail löscht sich übrigens automatisch selbst, nachdem ihr sie gelesen habt. Früher haben wir das ganze S.W.A.P.-Book explodieren lassen, aber auf die Dauer war das zu teuer. Ich wünsche euch noch einen zauberhaften Tag, und meldet euch mal wieder.«

Als die Jungs den letzten Satz gelesen hatten, verschwand der Text auf dem Monitor, so als hätte es ihn nie gegeben.

KAPITEL EINUNDZWANZIG
WIEDERSEHEN IN PALERMO

Die gläserne Schiebetür stand offen, sodass der feine Aschestaub sich ungehindert auch im Inneren des Bürogebäudes ausgebreitet hatte.

»Snyder ist hier«, bemerkte Bob und deutete auf die Abdrücke eines Rollstuhls, die auf dem Boden deutlich zu erkennen waren, weil der Wind sie hier nicht hatte verwehen können. Zwischen den dünnen Streifen, die die Reifen in der Asche hinterlassen hatten, waren die Spuren schwerer Stiefel zu erkennen. Das Profil kam Tim bekannt vor, auch wenn er sich nicht sofort erinnern konnte, wo er es schon einmal gesehen hatte. Dann fiel es ihm plötzlich ein. Herzchen! Es war das gleiche Profil, das ihm schon in der Eifel aufgefallen war, als Hoka Hay sie in der Fabrik erwartet und ihre Stiefel lässig auf den Schreibtisch gelegt hatte.

»Und sie ist auch da«, ergänzte Tim, während er neben Bob vorsichtig durch das Foyer schlich.

»Wer? Madame Hot?«, fragte Bob.

»Nein, Hoka Hay«, erwiderte Tim und blickte sich um. Auch sie hinterließen eine dicke Spur in der Asche, aber das ließ sich jetzt nicht mehr ändern.

»Bist du ganz sicher?« Bob zog den Akku-Schrauber aus seiner Tasche und überprüfte, ob die Batterie noch genügend Saft besaß.

»Ganz sicher«, antwortete Tim und drehte sich wieder zu seinem Freund um. »Was zum Teufel willst du damit? Hier irgendwo ein Schild anschrauben: ›Bitte nicht schießen, wir sind unbewaffnet!‹?«

»Das Ding hier ist unsere einzige Waffe. Unseren Atomisator hat der brasilianische Clown. Schon vergessen?! Vielleicht fällt ja jemand drauf rein. Bluffen ist alles.«

»Vielleicht beim Pokern«, brummte Tim und stapfte zu den Fahrstühlen. Neben der Aufzugstür war eine Tafel, auf der man nachlesen konnte, welche Firma sich in welcher Etage befand. Die meisten Stockwerke standen leer, genau wie Tim aufgrund der Werbetafeln schon vermutet hatte. Die Rocket Star Factory hatte ihre Büros im zehnten Stock. Bob streckte schon die Hand nach dem Knopf aus, um den Lift zu rufen, doch Tim hielt ihn zurück.

»Das könnte eine Falle sein.«

»Aber Snyder und Hoka Hay haben ihn auch genommen.« Bob zeigte auf die Spuren, die genau vor der Tür des Aufzugs endeten.

»Eben darum«, erwiderte Tim. »Außerdem hätte ich an Hokas Stelle auch keine Lust gehabt, Snyder mit seinem Rollstuhl die Treppe raufzuschleppen. Und jetzt komm schon.«

Die Jungs nahmen zwei Stufen auf einmal, während sie das Treppenhaus hinaufliefen. Als sie keuchend den siebten Stock erreichten, waren sie schon so hoch, dass sie trotz der dicken Dunstglocke, die über der Stadt hing, am Horizont die Spitze des Ätnas erahnen konnten.

Der Vulkan gab immer noch stoßweise dunkle Ascherülpser von sich, und an seinen Hängen flossen dunkelrote Lavaströme herunter, die aussahen, als würde der Berg aus unzähligen Wunden bluten.

Bob blieb kurz stehen, um das beeindruckende Schauspiel am Horizont zu betrachten, dann zog Tim ihn am Ärmel auch schon wieder weiter, bis sie endlich völlig außer Atem im zehnten Stock angekommen waren. Vom Treppenhaus aus gelangten sie auf einen Flur, von dem eine Glastür abging, auf die mit roten Buchstaben »Star Rocket

Factory« geschrieben stand. Auf dieser Etage waren die Fenster alle geschlossen geblieben, sodass keine Asche eingedrungen war, und deshalb konnte Tim auf dem Fußboden auch keine Spuren erkennen, weder von Snyders Rollstuhl noch von Hoka Hays Stiefeln oder sonst irgendwem.

Die Jungs hockten sich kurz auf den Boden, um ein wenig zu verschnaufen. Dabei sprachen sie kein Wort, sondern verständigten sich nur über Blicke und die Tastatur ihres S.W.A.P.-Books, weil sie sich nicht durch ihre Stimmen verraten wollten. Noch hatten sie das Überraschungsmoment auf ihrer Seite, und das wollten sie nicht leichtfertig verspielen.

»Sollen wir uns noch mal bei der Chefin melden?«, tippte Bob und reichte den Minicomputer an Tim weiter.

»Viel zu gefährlich. Wir wissen nicht, ob wir Snyder trauen können. Vielleicht hört er den Funkverkehr mit«, wandte Tim ein und deutete auf die Glastür. »Und jetzt mach schon die Tür auf.«

Bob legte die Stirn in Falten, weil er davon überzeugt war, dass die Tür verschlossen war, und er sich fragte, wie er sie lautlos öffnen sollte, ohne sie dabei zu verraten. Erst als Tim ihm aufmunternd zunickte, erhob sich Bob und streckte die Hand nach dem Türgriff aus. Überrascht sah er Tim an, als er feststellte, dass sich die Glastür problemlos öffnen ließ. Tim grinste und zuckte mit den Schultern, was wohl so viel heißen sollte wie: »Hab ich doch gleich gesagt.«

Auf Zehenspitzen betraten die Jungs die Büroräume. Direkt hinter der Tür befand sich ein Empfangstresen. Es war jedoch niemand da, um sie zu begrüßen. Rechts vom Eingangsraum lag ein langer Flur, von dem auf beiden Seiten rund ein Dutzend Türen abgingen. Aus einem Raum am Ende des Gangs war ein metallisch kreischendes Geräusch zu hören, das immer wieder durch raschelndes Papier unterbrochen wurde. Es klang wie eine Kettensäge, die heiß gelaufen war. Dazu sang jemand ein Lied. Es war derselbe Song, den Bob und Tim in der Eifel schon im Radio gehört hatten und in dem der Sänger seine Freundin mit einem Vulkan verglich.

Bob umfasste den Griff des Akku-Schraubers noch etwas fester, als sie den Flur entlang auf die angelehnte Tür zugingen. Die Büros, an denen sie vorbeikamen, waren leer und verwüstet. Sie sahen aus, als hätte man sie in großer Eile verlassen. Vielleicht handelte es sich aber auch um die Spuren eines Kampfes, so genau war das nicht auszumachen.

Bob und Tim hatten das Ende des Gangs erreicht und standen jetzt links und rechts von der Tür, hinter der noch immer jenes seltsame Kreischen und das Lied ertönten. Es war eine männliche Stimme, die da sang, und sie war zu hell, als dass es hätte Snyder sein können. Weitere Stimmen waren nicht zu hören, aber das musste nichts heißen. Snyder konnte in seinem Rollstuhl still in einer Ecke sitzen und beaufsichtigen, was immer da drinnen auch vor sich gehen mochte. Seltsam kam Tim nur vor, dass er Hoka Hay nicht hörte, die ihre große Klappe doch sonst nie halten konnte. Auch Bob lauschte angestrengt nach ihrer Stimme. Aber da war gar nichts, außer dem merkwürdigen Kreischen. Für einen Moment befürchtete Bob, dass das Geräusch von einem ganz besonders heimtückischen Folterinstrument stammen könnte. Und für einen weiteren Moment sah er sich schon als heldenhaften Retter in den Raum stürzen, um Hoka Hay von ihren unvorstellbaren Qualen zu erlösen. Doch hinter der Tür waren keine menschlichen Schreie zu hören. Dort wurde mit ziemlicher Sicherheit niemand gefoltert. Und falls doch, dann nur durch den Gesang, weil der Sänger keinen einzigen richtigen Ton traf.

Die Jungs brauchten einen Augenblick, bevor sie sich einen Überblick über den Raum verschafft hatten. Darin befanden sich ein großer Schreibtisch, zwei Stühle und ein paar Schränke. In einer Ecke stand Snyders Rollstuhl, auf dessen Sitzfläche Hoka Hays Jetpack lag. Bob und Tim tauschten erneut einen kurzen Blick. Das war der endgültige Beweis, dass S.W.A.P. 0001 und das Ninja-Mädchen wirklich hier gewesen waren. Jetzt waren sie es nicht mehr, denn der einzige Mensch, auf den sie trafen, war Oliver Warm, der die Arme vor Schreck in die Höhe gerissen hatte. In den Händen hielt er Briefe, während zu seinen Füßen der Aktenvernichter kreischte, den er bereits eine ganze Weile mit geheimen Papieren gefüttert haben musste. Zumindest schloss Tim das aus dem großen Haufen dünner Papierstreifen, der Warm schon bis zu den Knien reichte. Madame Hots Gehilfe starrte ängstlich auf den Akku-Schrauber in Bobs Fingern. Er hatte die Wirkung des Atomisators in den Kellern des Pekinger Olympiastadions miterlebt und sichtlich kein Interesse daran, sich in Luft auflösen zu lassen.

»Wo ist Snyder?«, fragte Tim barsch.

»Und wo Hoka Hay?«, fragte Bob, der erleichtert war, dass Oliver Warm einen Akku-Schrauber anscheinend nicht von einem Atomisator unterscheiden konnte.

Von wem redet ihr? Ich habe nicht die geringste Ahnung, was ihr von mir wollt. Ich habe die zwei Namen noch nie gehört.
Wir wissen alles. Wir kennen die ganze Geschichte, und mein Freund hier besitzt einen ziemlich nervösen Daumen. Da kann das mörderische Ding in seiner Hand schon mal versehentlich losgehen.
Also, spucken Sie's schon aus: Wo sind die beiden?

Warm starrte die ganze Zeit panisch auf den Akku-Schrauber in Bobs Hand, offensichtlich war er völlig unfähig, vor Angst auch nur ein weiteres Wort zu sagen.

»Okay, machen wir es einfacher. Sie nicken einfach oder schütteln den Kopf, um auf unsere Fragen zu antworten«, schlug Tim vor. »Waren Thomas Snyder und Hoka Hay hier?«

Warm nickte.

»Arbeiten die beiden für Madame Hot?«, wollte Bob wissen.

Warm schüttelte den Kopf.

»Wo sind sie jetzt?«, hakte Bob nach.

»Wie soll er denn darauf mit einem Kopfnicken oder Kopfschütteln antworten?«, sagte Tim.

»Und wie sollen wir es sonst rauskriegen, Mister Big Klugscheißer Brain?«

»Durch Annäherung«, erwiderte Tim und wandte sich wieder Warm zu. »Afrika?«

Warm schüttelte den Kopf.

»Amerika?«

Warm schüttelte wieder den Kopf, löste aber erstmals seinen Blick von dem Atomisator, weil im Treppenhaus Stimmen zu hören waren, die sich schnell näherten.

»Asien?«

»Ihr erratet nie, wo der Krüppel im Rollstuhl und die Kleine in dem lustigen Karnevalskostüm jetzt sind.« Die Stimmen im Flur hatten Oliver Warm aus seiner Angststarre erlöst. »Die Chefin und unsere Männer haben sie schön handlich verschnürt und als Andenken mitgenommen. Ihr habt euch knapp verpasst. Ganz knapp!«

»Verdammt! Sie sind mit dem Aufzug geflohen, als wir die Stufen raufgerannt sind«, kombinierte Tim, während Warm immer breiter grinste, weil die Stimmen draußen lauter und lauter wurden. »Ich sollte hier nur noch alle Spuren verwischen, denn der da ...«, Warm zeigte in die Richtung, in der der Ätna lag, »... geht auch bald hoch, aber so richtig. Dagegen ist alles, was bisher passiert ist, nur Ponyreiten. Dann ist hier endgültig Schluss mit lustig.«

»Wann?«, fuhr Tim Warm an.

»In sechs, zwölf, vierundzwanzig Stunden. Völlig egal, weil es nämlich jetzt schon zu spät ist. Ihr habt keine Chance, das Inferno zu stoppen, denn die da draußen – die kommen, um euch zu holen.«

»Wer kommt uns holen?«, fragte Bob und tat so, als würde er die Batterieanzeige des Atomisators überprüfen. Als er damit fertig war, nickte er zufrieden und richtete den Akku-Schrauber genau auf Oliver Warms Kopf.

»Unsere Sicherheitsleute natürlich! Madame Hot ist doch längst auf dem Weg nach Australien, genau wie dieser Snyder und das nervige Mädchen. Wenn auch nicht ganz freiwillig.« Das Grinsen war kurzfristig aus seinem Gesicht verschwunden, kehrte aber sofort wieder, weil die Stimmen bereits am anderen Ende des Gangs zu hören waren.

KAPITEL ZWEIUNDZWANZIG
FLUCHT DURCHS FENSTER

Bob und Tim drehten sich um, weil sie wissen wollten, wer genau da kam, um sie zu holen. Und vor allem, wie viele es waren, mit denen sie es gleich zu tun bekommen würden. Oliver Warm nutzte die Ablenkung, nahm die Hände runter und ließ die beiden Briefe, die er immer noch umklammert hielt, in dem Aktenvernichter verschwinden. Noch bevor Tim ihn aufhalten konnte, spuckte das Gerät das Papier in hauchdünnen Streifen aus.

»Halten Sie gefälligst die Hände oben, sonst schicke ich Sie zum Nordpol«, knurrte Bob, während Tim hastig versuchte, die Streifen zusammenzufügen, um die frisch geschredderten Briefe lesen zu können. Aber genauso gut hätte er versuchen können, ein 1000-Teile-Puzzle in fünf Minuten fertig zu kriegen. Und er hatte nicht mal fünf Minuten, weil die Männer jetzt schon im Flur waren.

»Hierher!«, brüllte Warm, der sich angesichts seiner kurz bevorstehenden Rettung auch von dem vermeintlichen Atomisator nicht mehr einschüchtern ließ. Er schlug Bob den Akku-Schrauber aus der Hand und lief an ihm vorbei auf den Flur hinaus.

»Ziiissschhh!«, machte Bob laut, als er den Akku-Schrauber wieder aufgehoben hatte und damit wie mit einer Spielzeugpistole auf den flüchtenden Warm zielte. Im selben Moment verschwand der Mann in dem grauen Kittel, als hätte es ihn nie gegeben.

Verwirrt betrachtete Bob den Akku-Schrauber in seinen Händen, dann blickte er zu Tim hinüber, der immer noch auf den Flur hinausstarrte. Bob folgte dem Blick seines Freundes. Oliver Warm hatte sich geirrt: Die Männer, die über den langen Gang auf sie zugelaufen kamen, gehörten nicht zu Madame Hots Truppe. Die Männer auf dem Gang trugen grün-gelbe Flipflops an den Füßen, gleichfarbige

Trainingsanzüge, und im Gesicht ihres Anführers waren die Reste von Clownsschminke zu erkennen. Er hielt den erbeuteten Atomisator, mit dem er gerade eben Warm erledigt hatte, noch in der Hand und zielte damit jetzt auf die Jungs.

»Waren wohl doch nicht seine Leute«, bemerkte Tim, als er schnell die Tür zuschlug.

»Wie haben die uns bloß gefunden?«, rief Bob.

»Keine Ahnung! Aber du kannst sie ja fragen, wenn sie reinkommen.«

»So wichtig ist mir das auch wieder nicht«, erwiderte Bob und nahm einen Stuhl, um ihn unter die Klinke zu stellen.

»Das wird nicht viel nützen«, sagte Tim, aber da hatte der Atomisator die Tür schon weiß-der-Henker-wohin geschossen.

»☃︎@⚡︎☠︎≡#☨!«, fluchte Bob. »Und was machen wir nun?«

Er hatte hinter der Bürowand neben der Türöffnung Schutz gesucht und fuchtelte mit dem Akku-Schrauber in der Luft herum, um die Brasilianer zu täuschen und so zumindest für einen Moment in Schach zu halten. Sofort gingen die Männer in den Räumen rechts und links des Gangs in Deckung und begannen, aus ihren Pistolen zu feuern, weil sie auf die Schnelle das Original nicht von der Fälschung hatten unterscheiden können.

Tim nahm den Aktenvernichter, der in dem Haufen dünner Papierstreifen auf dem Boden stand, und riss das Kabel aus der Steckdose. Dann hechtete er mit dem schweren Gerät unterm Arm an der Türöffnung vorbei, um an die Fenster auf der gegenüberliegenden Seite des Büros zu gelangen.

Als die Brasilianer ihn springen sahen, erhöhten sie noch einmal das Feuer aus ihren Pistolen.

PENG PENG PENG PENG PENG PENG

Tim hörte nicht nur die Schüsse, sondern auch das Zischen des Atomisators und schloss instinktiv die Augen. Als er sie wieder öffnete, stellte er erleichtert fest, dass er sich immer noch in dem Büro der Star Rocket Factory befand. Er lag neben Bob auf dem Teppichboden, und das konnte nur bedeuten, dass ihn der brasilianische Clown verfehlt hatte.

»Haben die denn keine Augen im Kopf? Warum schießen die auf mich? Die sind doch hinter dir her! Du hast denen doch das Tor reingemacht und nicht ich.« Während er schimpfte, tastete Tim seinen Körper ab, um zu prüfen, ob er verletzt war. Aber wie durch ein Wunder hatte ihn keine der vielen Kugeln getroffen. Ein Streifschuss am Ärmel, der den Stoff seiner Daunenjacke zerrissen hatte, war alles, was er abbekommen hatte.

»Mitgehangen, mitgefangen. Die Sambatänzer da draußen sehen den Panda und den Chow-Chow eben als Dream-Team«, sagte Bob grinsend. Er hatte sich bereits das Jetpack umgebunden und bemühte sich, wenigstens grob zu verstehen, wie der Raketenrucksack funktionierte.

»Du glaubst also, ich kann da nicht einfach rausgehen und rufen: ›Hey, Leute, ich war's nicht! Der da war's!‹« Tim erhob sich vom Boden und griff nach dem Aktenvernichter, der neben ihm lag.

»Du kannst es ja gern mal versuchen«, sagte Bob schulterzuckend und zündete die erste Raketenstufe. »Aber wenn du mich fragst, bist du tot, ehe du überhaupt ›Hey‹ gesagt hast.«

Tim rieb sich das Ohrläppchen und grinste zurück.

»Ich sag das nicht gern, aber ich glaube, da hast du recht!«

Im nächsten Augenblick schleuderte er den Papierschredder durch die geschlossene Scheibe. Zusammen mit den Scherben landete die Maschine laut krachend zehn Stockwerke tiefer auf der Straße, wo sie in tausend Stücke zersprang. Sofort wirbelte der Wind die Asche von draußen in das Zimmer. Auch in die Brasilianer kam Bewegung. Sie verließen ihre Deckung und rannten die letzten Meter des Flurs entlang, um ihren Auftrag zu Ende zu bringen.

»Und?« Tim sah Bob erwartungsvoll an und trat gleichzeitig mit seinen Schuhen gegen die Reste der Scheibe, um das Loch in der Fensterscheibe zu vergrößern. »Kriegst du es hin?«

»Könnte klappen«, wiederholte Bob seelenruhig, der bereits einen halben Meter über dem Teppichboden schwebte. »Mir ist nur noch nicht ganz klar, wie du hier wegkommst.«

»Noch nie etwas von einem Tandemflug gehört?« Tim sprang in die Höhe und hängte sich an Bobs Hals, indem er seine Hände im Nacken seines Freundes verschränkte.

»Weißt du eigentlich, wie schwer du bist?!«, keuchte Bob.

»Exakt fünfundfünfzig Kilo. Aber wenn ich gleich voller Bleikugeln stecke, weil du uns hier nicht schnell genug rausgebracht hast, bin ich natürlich schwerer. Also beeil dich lieber.«

»Dann halt dich gut fest«, stöhnte Bob und startete die zweite Raketenstufe.

Kugeln sirrten dicht an Bob und Tim vorbei. Dazwischen mischte sich immer wieder das ***ZISCHEN*** des Atomisators. Der einzige Grund, warum die Jungs nicht getroffen wurden, waren die vielen Haken, die Bob mit dem Jetpack schlug. Einige davon mit Absicht, die meisten aber, weil er den Raketenrucksack wegen des starken Windes nur mit Mühe unter Kontrolle bringen konnte. Die einzige Kugel, die sie nicht verfehlte, schlug mit einem lauten ***PLING*** hinten gegen den Rucksack. Für einen Moment befürchtete Tim, dass das Gasgemisch explodieren und sie in Stücke reißen würde. Aber das Projektil blieb im Stahlmantel einer der Treibstoffflaschen stecken, und kurz darauf war es Bob endlich gelungen, sie um die Gebäudeecke herum und damit außer Reichweite der Pistolen und des Atomisators zu steuern.

Die Jungs schwebten in etwa dreißig Meter Höhe über dem Parkplatz. Direkt unter ihnen stand der Motorroller, den sie sich vor der Pizzeria ausgeliehen hatten. Daneben parkten jetzt noch ein Dutzend weiterer Motorroller in langer Reihe nebeneinander.

»Ich dachte, wir fliegen mit dem Ding hier zurück nach Palermo«, meinte Bob, als er langsam tiefer ging. »Das Teil ist echt cool, und schneller sind wir damit auch.«

»Ja, schneller tot. Und jetzt leg endlich eine saubere Landung hin!« Tim spürte, dass er den Griff um Bobs Nacken nicht mehr lange würde halten können. Er hatte angefangen zu schwitzen, und seine verschränkten Finger lösten sich Zentimeter um Zentimeter voneinander. »Und das bitte ein bisschen zügig, wenn es keine Umstände macht.«

»Spielverderber«, grummelte Bob beleidigt, als ihn plötzlich eine Böe von der Seite erwischte. Der Raketenrucksack geriet erneut ins Trudeln, und Tim verlor endgültig den Halt. Er stürzte in die Tiefe – ein Meter, zwei, vier, sechs ... Dann erst gelang es Bob, der mit dem Raketenrucksack kopfüber hinterhergesaust war, Tim am Kragen zu erwischen und seinen Fall zu stoppen. Der Griff schnürte Tim den Hals zu, sodass er kaum noch atmen konnte. Um wenigstens ein bisschen Luft zu kriegen, krallte Tim die Finger zwischen den Stoff und seinen Kehlkopf. Genau wie damals, als der brasilianische Clown versucht hatte, ihn mit dem Luftballon zu erwürgen. Das Gefühl war nicht schön, aber immer noch besser, als mit zerschmetterten Knochen auf dem Asphalt des Parkplatzes zu liegen, schoss es Tim durch den Kopf. Bob bremste den Raketenantrieb, bis sie sanft auf dem Boden aufsetzten. Direkt neben ihrer Vespa und den zwölf Motorrollern, die die Brasilianer dort abgestellt hatten.

»Danke!«, röchelte Tim, als er wieder genügend Luft bekam, um sprechen zu können.

»War mir ein Vergnügen. Wir sind schließlich ein Dream-Team, das haben die Sambatänzer schon richtig erkannt.« Bob schnallte sich das Jetpack ab und sprang auf die Sitzbank ihrer Vespa. Ehe Tim ebenfalls Platz nahm, gab er dem Motorroller, der links neben ihnen parkte, noch einen kräftigen Tritt. Die Maschine kippte zur Seite und riss eine Vespa nach der anderen um.

»So, das wird sie einen Moment aufhalten«, krächzte Tim »Und jetzt zurück nach Palermo, denn während du da oben den Raketenmann gespielt hast, habe ich mir meinen klugen Kopf zerbrochen und bin dabei zu einigen höchst aufschlussreichen Erkenntnissen gekommen.«

»Quatsch nicht so geschwollen und erzähl schon«, drängelte Bob und startete die Vespa.

»Einen Moment Geduld bitte. Erst versuche ich, die Chefin zu erreichen. Ich habe keine Lust, alles doppelt zu erzählen«, sagte Tim und sprang hinter Bob auf die Maschine. Dann drehte er sich noch einmal zu dem Bürogebäude um und klopfte Bob auf die Schulter. »Gib Gas! Wir bekommen Besuch.«

»Echt? Wen denn?«

»Den Clown und seine Sambatänzer natürlich! Wen hast du denn erwartet? James Bond?!«

Als Bob mit Vollgas vom Parkplatz rauschte, verließen bereits die ersten Agenten des brasilianischen Geheimdienstes das Gebäude. Fluchend rannten sie auf ihre Motorroller zu und fluchten noch lauter, als sie bemerkten, dass sich ihre Vespas heillos ineinander verkeilt hatten.

KAPITEL DREIUNDZWANZIG
AB DURCH DIE KÜCHE

»Australien ist riesig, und wir haben nicht mehr viel Zeit, bis auch noch der Ätna hochgeht«, brüllte Bob zurück.

»Falsch!«

»Was ist falsch?«

»So groß ist Australien auch wieder nicht, wenn man weiß, wo man suchen muss.«

»Und das weißt du?«

»Darauf kannst du wetten, und wenn die Chefin uns flott eine Mitfahrgelegenheit besorgt, schaffen wir das locker«, rief Tim, dann brüllte er laut in das Mikro seines Kopfhörers: »Zentrale, bitte melden! Es ist dringend!«

»Hattest du nicht gemeint, das sei zu gefährlich, weil Snyder das alles mithören könnte?« Bob hatte sich umgedreht und blickte Tim verwirrt an.

»Was genau hast du an Warms Worten ›Die Chefin und unsere Männer haben sie schön handlich verschnürt und als Andenken mitgenommen‹ nicht verstanden?«, wollte Tim wissen.

»Du meinst, Snyder und Hoka Hay haben doch nicht die Seiten gewechselt?« Bob blickte immer noch Tim an, statt auf die Straße vor ihnen zu achten. Er sah regelrecht erleichtert aus. »Aber was wollte Snyder dann von Madame Hot?«

»Das sage ich dir erst, wenn du wieder nach vorn schaust.«

Gehorsam drehte sich Bob wieder um, und Tim erklärte: »Das war ganz sicher kein verliebtes Rendezvous zwischen den beiden. Ich vermute mal, dass er es einfach satthatte, die ganze Zeit untätig herumzuhocken. Schließlich geht es bei der ganzen Sache ja irgendwie auch um ihn persönlich. Und weil er wusste, dass er allein noch zu schwach ist, hat er Hoka Hay mitgenommen. Aber dann sind sie in eine Falle geraten, und ... Ende Gelände.«

Die Straße, die aus der Stadt hinausführte, wurde zunehmend voller, während Bob und Tim ihre Fahrbahnseite fast für sich allein hatten. Es wollten offensichtlich mehr Leute raus als rein, und das lag – da war sich Tim sicher – an dem Vulkan, den die Jungs nicht sehen konnten, aber immer häufiger und immer unheilverkündender grollen hörten. Das war selbst den Sizilianern zu heftig.

»Zentrale! Melden Sie sich endlich!«, brüllte Tim erneut.

»Schreit doch nicht so laut, ich bin ja nicht schwerhörig«, erklang plötzlich eine Stimme auf der anderen Seite der Leitung. Es war Otto, der ihren Notruf entgegennahm. Die Verbindung war nicht besonders gut, weil im Hintergrund ein lautes Blubbern zu hören war.

»Ich muss dringend die Chefin sprechen!«, rief Tim.

»Keine Chance«, entgegnete Otto unbeeindruckt. »Die ist gerade in der Mittagspause.«

Das erinnerte Bob daran, dass es eine Ewigkeit her war, seit sie etwas gegessen hatten. Bis gerade eben hatte er den Hunger gar nicht gespürt, weil überhaupt keine Zeit gewesen war, daran zu denken. Jetzt aber spürte er das riesige Vakuum in seinem Magen.

»Wo steckt sie denn? Ist das Restaurant, in dem sie ihre Pause macht, weit weg?«, fragte Tim, dessen Magen ebenfalls zu knurren anfing und kurz sogar das Blubbern in der Leitung übertönte.

»Nein, sie sitzt hier in einem Raum gleich nebenan. Sie hat sich

Pizza kommen lassen. Eine Quattro Stagioni mit Artischocken, Schinken, Pilzen ...«

»Hören Sie schon auf und holen Sie endlich die Chefin! Es geht um Leben und Tod!«, unterbrach Bob, weil es zum einen ja wirklich dringend war und er zum anderen die Aufzählung der Pizzazutaten keine Sekunde länger aushalten konnte.

»Wessen Tod?«, wollte Otto wissen.

»Na, von so ziemlich jedem. Reicht das?«, entgegnete Tim.

»Auf eure Verantwortung«, brummte Otto, dann war es, abgesehen von den komischen Geräuschen, still in der Leitung.

Auf den völlig verstopften Straßen schlängelte sich Bob mit der Vespa durch den Stau. Die Jungs hatten bereits den Rand des Stadtzentrums erreicht, als sich Angela Steel endlich bei ihnen meldete.

»Ich hoffe, ihr zwei habt ein paar ganz zauberhafte Gründe, dass ihr mich beim Essen stört.« Die Jungs hörten, dass sie beim Sprechen noch auf einem Stück Pizza kaute.

»Wie wäre es mit dem drohenden Weltuntergang?«, schlug Bob vor, während er gleichzeitig auf den Bürgersteig wechseln musste, weil auf der Straße kein Durchkommen mehr war. Je mehr sie sich der Innenstadt näherten, desto chaotischer wurde der Verkehr auf beiden Fahrspuren.

»Das ist unser tägliches Geschäft, das zählt nicht«, erwiderte die Chefin. »Habt ihr noch was Besseres?«

»Diese Madame Hot hat Snyder und Hoka Hay in ihrer Gewalt«, antwortete Tim.

»Sie sind in Australien«, ergänzte Bob und wich einer Frau mit einem Kinderwagen aus, den sie mit einem Plastikverdeck gegen den Ascheregen geschützt hatte.

»Geht das auch etwas genauer?«

»Wegen der Aschewolken gibt es auch für Madame Hot nur eine Möglichkeit, dorthin zu kommen: unsere Shuttles«, erläuterte Tim. »Überprüfen Sie alle Buchungen der letzten zwei Stunden. Ich bin sicher, da ist auch eine Fahrt von Palermo nach Down Under dabei!«

»Stimmt! Da war eine Reservierung auf den Namen Helen«, erwiderte die Chefin nach einer kurzen Pause.

»Mount Saint Helens«, flüsterte Tim und griff sich wieder an sein Ohrläppchen.

»Häh?«, machten Bob und Angela Steel gleichzeitig.

»Madame Hot. Das muss sie sein. Sie hat sich nach einem Vulkan in den USA benannt. Schließlich konnte sie ja kaum unter ihrem richtigen Namen einchecken«, erklärte Tim. »Wo ging die Reise denn hin?«

»Das Shuttle hat sein Ziel vor genau zehn Minuten erreicht. Eine Station irgendwo im australischen Outback«, erwiderte Angela Steel. »Dort unten sagen sich Kängurus und Koalas Gute Nacht, so einsam ist das da.«

»Schauen Sie nach, ob in der Nähe irgendwo ein Bergwerk ist. Oder so etwas Ähnliches«, verlangte Tim.

»Zauberhaft! Bin ich jetzt eure Sekretärin, oder was?«, fauchte die Chefin, während erneut das Klappern einer Tastatur zu hören war.

»Und? Haben Sie was gefunden?«, fragte Tim ungeduldig.

»In der Tat, die Shuttle-Station liegt am Rande einer stillgelegten Mine, in der früher nach Opalen gesucht wurde«, sagte die Chefin. »Hier steht, dass man dafür einen zwei Kilometer tiefen Trichter in die Erde gebuddelt hat. Und von dessen Sohle wurde ein weiterer Schacht vorangetrieben. Es ist einer der tiefsten Schächte, die es auf der Welt gibt. Der reicht fast ...«

»... bis zum heißen Magma des Erdmantels«, vollendete Tim.

»Stimmt«, bestätigte die Chefin. »Woher wusstest du das?«

Bob deutete nach vorn, wo am Ende der Straße bereits die Pizzeria zu erkennen war, vor der sie sich ihre Vespa ausgeliehen hatten.

»Nur so eine Ahnung«, wiegelte Tim ab.

»Kann ich sonst noch was für euch tun? Meine zauberhafte Pizza wird sonst kalt«, bemerkte Angela Steel.

»Wir brauchen jetzt dringend ein Shuttle, das uns dorthin bringt, sonst sind Snyder, Hoka Hay und der Rest der Welt verloren. Und zwar genau in dieser Reihenfolge«, forderte Tim, während Bob ihren Motorroller auf dem Bürgersteig vor einem Kiosk abstellte. Auf den Titelseiten der Zeitungen hatten die ausbrechenden Vulkane die Fußballweltmeisterschaft völlig verdrängt. Die Ergebnisse der Spiele musste man mit der Lupe suchen, weil die Fotos von tiefroten Lavaströmen und grauen Aschewolken den ganzen Platz auf den Titelseiten einnahmen. Während die Jungs auf eine Antwort der Chefin warteten, hatten sie genug Zeit, sich die Bilder anzuschauen. Tim war sich nicht sicher, ob Angela Steel auf der anderen Leitung so lange schwieg, weil sie an ihrer Pizza kaute, oder ob sie damit beschäftigt war, für die Jungs ein Shuttle nach Palermo umzuleiten.

»In zehn Minuten könnt ihr einsteigen. Aber vermasselt es nicht«, erklärte Angela Steel, als sie sich endlich wieder meldete.

»Könnten Sie uns vielleicht auch etwas zu essen mitschicken lassen? Das wäre nett«, rief Bob dazwischen.

»Zauberhafte Idee!«, entgegnete Angela Steel. »Was darf es denn sein? Auch eine Pizza Stagioni oder lieber ein kleines Drei-Gänge-Menü?«

»Geht auch beides?«, fragte Bob.

»Das war ein Scherz! Erledigt euren Job, danach kriegt ihr auch etwas zu essen. Vorher nicht.«

»Wenn wir ihn nicht erledigen, werden wir nichts mehr zu essen brauchen«, stellte Tim fest, aber da hatte die Chefin die Verbindung bereits wieder getrennt.

Die Jungs liefen auf die Gasse zu, die zu dem Hinterhof führte, in dem der Einstieg zur Shuttle-Station lag. Sie hatten ihn schon fast erreicht, als Bob plötzlich stehen blieb.

Siehst du die beiden Kerle da vorne?
Meinst du, das sind Brasilianer?
Unwahrscheinlich. Ich tippe auf Madame Hots Truppe.
Macht ja auch Sinn. In so ein Shuttle passen doch höchstens drei Leute: Snyder, Hoka Hay und Madame Hot. Ihre Leute halten ihr den Rücken frei.
Und wie kommen wir jetzt zur Station?
Einfach weitergehen. Wenn wir jetzt umdrehen …
… machen wir uns nur verdächtig. Einfach weitergehen und dabei möglichst dämlich und harmlos gucken. Das dürfte dir ja nicht besonders schwerfallen.

Statt einer Antwort gab Bob seinem Freund einen Stoß, der Tim durch die Eingangstür mitten in die Pizzeria beförderte.

»Hey, was soll das denn jetzt?«

»Ich habe einen Riesenhunger«, erklärte Bob. »Das sagte ich doch schon.«

»Aber doch nicht hier!« Tim erinnerte sich mit Grauen an die Ratte, die sich aus dem Hinterhof in die schmierige Küche des Restaurants geflüchtet hatte.

»Glaubst du, nur weil ich für den S.W.A.P. arbeite, bin ich lebensmüde? Ich würde hier nicht mal eine eingeschweißte Tüte Erdnüsse essen. Das ist nur eine Abkürzung«, antwortete Bob, der so tat, als würde er nach einem passenden Tisch für Tim und sich Ausschau halten. »Wir verschwinden an den Klos vorbei, dann durch die Küche und hinten raus auf den Hof.«

»Hast du dir das ganz allein ausgedacht?« Tim sah seinen Freund überrascht an.

»Was dagegen?«

»Im Gegenteil. Respekt«, antwortete Tim, dessen Blick von dem Fernseher gefesselt wurde, der in dem Restaurant an der Wand hing. Auch hier waren die Vulkane das einzige Thema. Ein Reporter stand vor dem rauchenden Ätna und erklärte gerade die Lage, die derzeit nicht nur auf Sizilien, sondern in der ganzen Welt bedrohlich war, aber noch nicht gänzlich hoffnungslos. Das würde es erst werden, wenn der Ätna und zwei oder drei andere große Vulkane in vollem Umfang ausbrechen würden. Die dann zu erwartende Aschewolke wäre so dicht, dass auf Jahrzehnte kein Sonnenstrahl die Erde mehr erreichen könnte, was wiederum zu Missernten und enorm steigenden Lebensmittelpreisen führen würde. Die Menschheit müsste sich dann auf eine neue Eiszeit einstellen mit Gletschern, die von Norwegen bis Norditalien reichten. Der Reporter verabschiedete sich, und ein eingeblendeter Programmhinweis verkündete, dass der Sender nach der Werbung *Ice Age III* zeigte.

»Schade, dass wir keine Zeit haben. Den Film habe ich noch gar nicht gesehen«, sagte Bob.

»Ich war bei der Kinopremiere«, entgegnete Tim. »Mein Vater kennt einen der Produzenten.«

»Angeber«, brummte Bob.

»Du bist ja nur neidisch, dass du noch nie über einen roten Teppich gelaufen bist.«

»Warte mal ab! Wenn wir den Job erledigt haben, wird man uns auch rote Teppiche auslegen. Egal, wo wir hinkommen.«

»Aber nur, wenn du dir vorher deine Schuhe putzt«, sagte Tim mit Blick auf Bobs dreckige Trekkingstiefel, die dick mit Asche überzogen waren.

Bob wollte gerade etwas erwidern, als aus einer Sitzecke der Pizzeria mit einem Mal ein lauter Schrei erklang: »Diebe! Das sind die Kerle, die meine Vespa geklaut haben!«

Der Junge, der seinen Motorroller vor dem Laden geparkt hatte, war aufgesprungen und zeigte mit dem Finger auf die Jungs. Alle Gäste und Kellner starrten sie an. In ihren Augen konnten Bob und Tim lesen, dass man hier auf Sizilien mit Vespa-Dieben dasselbe machte wie früher mit Pferdedieben im Wilden Westen.

KAPITEL VIERUNDZWANZIG
AB ZU DEN KÄNGURUS

Die Jungs nutzten das Durcheinander und liefen durch die Schwingtür in die Küche. Bob drehte sich noch einmal um und rief dem Jungen »Deine Vespa parkt vor der Tür, und der Schlüssel steckt« zu, während Tim einen Topf mit heißem Nudelwasser umriss, der scheppernd auf dem Boden landete und das kochende Wasser überall auf den Fliesen verteilte. So dreckig, wie die waren, konnten sie das gut gebrauchen, fand er, als er mit Bob an den verblüfften Köchen in ihren fleckigen Schürzen vorbeisprintete. Dann waren sie auch schon durch die offene Hintertür auf den Hof verschwunden.

Bob wagte einen kurzen Blick durch die Toreinfahrt auf die Männer mit den Schulterholstern, die dort immer noch die Stellung hielten. Doch keiner von ihnen achtete auf den geheimen Einstieg der Shuttle-Station. Sie standen vor dem Fenster des Restaurants und lachten über die chaotische Jagd auf die Ratte, die es nicht gab. Zumindest nicht im Laden. Im Hinterhof wimmelte es nur so davon, und den Jungs gelang es nur mit Mühe, in den Schacht zu klettern, ohne dass ihnen ein oder zwei der neugierigen Nager folgten.

»Riech mal«, forderte Tim seinen Freund auf, als sie die Trittleiter hinuntergestiegen waren und auf dem schmalen Bahnsteig der Shuttle-Station auf die angekündigte Kapsel warteten.

»Was denn? Sind hier etwa auch Ratten?« Bob hielt seine Nase angewidert in die Luft und schnupperte.

»Nein, es riecht nach Zigarettenqualm«, erwiderte Tim. »Das Parfüm von Madame Hot.«

»Jetzt rieche ich es auch«, sagte Bob. »Aber da ist noch was. Ich rieche Angst. Pure, nackte Angst.«

Mit seinem Kinn deutete Tim auf ein verschimmeltes Stück Käse, das hinter der Trittleiter lag und aus einer der zahllosen Mülltonnen über dem Shuttle-Einstieg stammen musste.

Bob zuckte nur die Achseln. »Dann habe ich mich wohl geirrt. Aber woher soll ich wissen, wie Angst riecht? Ich kenne das Gefühl ja nur aus Büchern.«

»Du liest Bücher?« Tim sah seinen Freund überrascht an.

»Ich doch nicht«, erwiderte Bob beleidigt. »Ich meinte Drehbücher. Solche, aus denen man Filme macht, die ich dann im Kino gucken kann.«

»Hätte mich auch sehr gewundert«, murmelte Tim, der schon seit einer Weile ungeduldig in den Tunnel starrte. Ihr versprochenes Shuttle musste jeden Moment auftauchen. Endlich sah er die blauen Lichter, die das Nahen der Kapsel ankündigten.

Als das Verdeck aufgeklappt wurde, zuckten die Jungs überrascht zurück. Auf dem Vordersitz saß der dicke Glatzkopf, den sie schon einmal begleitet hatten.

»Was machen Sie denn hier?«, entfuhr es Bob. »Ich dachte, Sie wollten nach Südafrika.«

»Wollte ich ja auch, aber wisst ihr was? Da unten gibt es auch Vulkane! Und das gar nicht mal so wenige«, erklärte der Mann.

»Klar gibt es da welche. Der letzte ist 2004 ausgebrochen«, sagte Tim, als er mit Bob auf dem Rücksitz Platz nahm.

»Und warum sagst du mir das erst jetzt?« Der Mann versuchte, sich in der engen Kapsel zu den Jungs umzudrehen.

»Sie haben mich nicht gefragt.« Tim schloss die Kuppel über ihnen, damit sie endlich loskonnten. »Aber ich verrate Ihnen, wo es garantiert keine gibt.«

»Wo denn?«, fragte der Glatzkopf skeptisch, als die Kapsel auch schon wieder Fahrt aufnahm.

»Australien! Ein riesiger Kontinent, und weit und breit nicht ein einziger Vulkan!«, antwortete Tim und zwinkerte Bob dabei verschwörerisch zu.

»Bist du sicher?« Der Dicke zog seine Stirn zweifelnd in Falten.

»Seien Sie mal nicht so misstrauisch! Sie können meinem Freund vertrauen«, mischte sich Bob ein. »Der trägt seinen Spitznamen *Big Brain* schließlich nicht umsonst.«

»Gibt es auf der Strecke auch Piraten?«, fragte der Dicke ängstlich.

»Keinen einzigen!«, versicherte Tim. »Wir haben die Strecke vor zwei Wochen schon gesäubert.«

»Australien«, murmelte der Glatzkopf und wandte sich wieder nach vorn. »War ich noch nicht, kann ich mir ja mal angucken.«

»Das ist die richtige Einstellung.« Bob klopfte dem Mann von hinten auf die Schulter.

»Und das Beste ist«, erklärte Tim, »wir sind bereits auf dem direkten Weg dorthin. Aber dafür brauchen Sie uns nicht zu danken.«

»Das machen wir nämlich gern für Sie. Wir sind da völlig selbstlos. Das ist ja quasi unser Job«, ergänzte Bob, während ihr Shuttle mit Höchstgeschwindigkeit durch die unterirdische Röhre schoss.

Die Fahrt verlief weitgehend schweigend. Nachdem Bob von ihrem Mitfahrer erfahren hatte, dass mittlerweile Island und der Schweiz die besten Chancen auf den WM-Titel eingeräumt wurden, hatten sich ihre gemeinsamen Gesprächsthemen erschöpft. Den Rest der Reise hingen die Jungs ihren Gedanken nach.

Bob stellte sich vor, wie er Hoka Hay und auch Snyder aus der Gewalt der durchgeknallten Madame Hot befreien und dann nebenbei auch gleich noch die Welt vor der nächsten Eiszeit retten würde. Er hatte zwar keine Ahnung, wie, aber das würde sich schon irgendwie

finden, wenn sie erst einmal diese alte Opal-Mine erreicht hätten. Da war sich Bob sicher.

Tim nicht. Ihm war es lieber, schon mit einem fertigen Plan anzukommen. Aber die Informationen, die ihm das S.W.A.P.-Book lieferte, halfen ihm auch nicht weiter. Dort erfuhr er nur, dass in der Mine bereits seit 1995 nicht mehr nach Opalen geschürft wurde. Seitdem stand dort alles leer. Es gab sogar ein paar aktuelle Bilder im Netz, die ein Fotograf gemacht hatte und auf denen die halb zerfallenen Holzhütten zu sehen waren, in denen die Arbeiter einst gewohnt hatten. Das alles sah ziemlich trostlos aus. Um das Loch in der Mitte des Ausgrabungstrichters hatte man ein Gebäude errichtet, um zu verhindern, dass Menschen dort hinabstürzten. Tim fand das überflüssig, weil er nicht glaubte, dass sich jemand zufällig in diese verlassene Gegend verirrte. Zumindest heute nicht mehr. Früher war das quadratische Loch, das man kilometertief senkrecht in die Erde gegraben hatte, der ganze Stolz der Mine gewesen. Sein Durchmesser an der Erdoberfläche betrug exakt fünf mal fünf Meter. Am Boden des Schachtes waren es dann gerade noch etwas mehr als fünfzig mal fünfzig Zentimeter. Dank des Handbuchs besaß Tim nun immerhin eine ungefähre Vorstellung, was sie in Australien erwartete, einen Plan aber hatte er immer noch nicht. Zumindest keinen, der über »Rausgehen und sich umschauen« hinausging. Doch das hatte sich bisher ja auch bewährt, dachte Tim und starrte ein wenig beruhigter durch die Scheiben auf die schwarzen Wände des Shuttle-Tunnels.

Der dicke Glatzkopf auf dem Vordersitz war der Einzige, der sich während ihrer Fahrt keine Gedanken machte. Er verschlief die meiste Zeit, und als das Shuttle am Ziel ihrer Reise schließlich abbremste, schlummerte er immer noch sanft wie ein Baby.

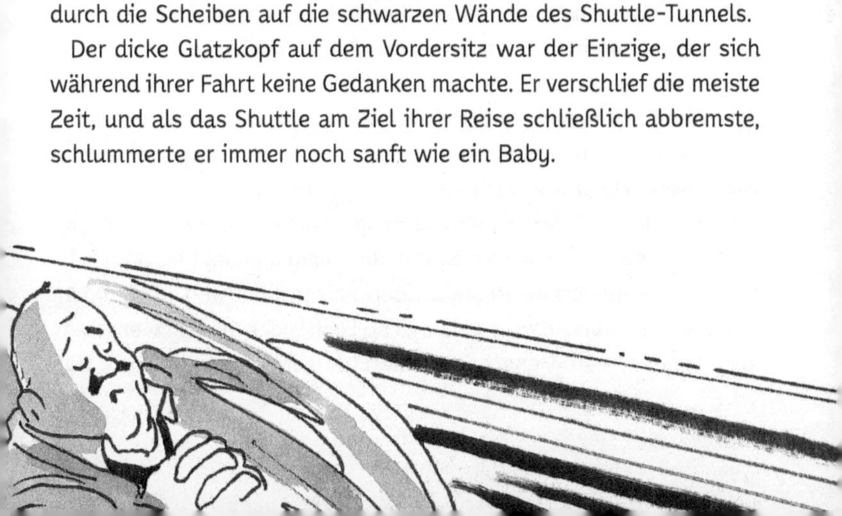

Als Bob die neuen Koordinaten eingegeben hatte, verschwand das Shuttle mit seinem schlummernden Passagier wieder in dem Tunnel, aus dem sie gekommen waren.

»Gute Reise, und danke fürs Mitnehmen«, rief Bob ihm hinterher, während Tim sich bereits einen Überblick zu verschaffen versuchte. Es war das erste Mal, dass der Ausstiegsschacht nicht senkrecht nach oben führte, sondern waagerecht in den roten Stein gehauen war. Der Gang war so niedrig, dass Bob und Tim auf allen vieren kriechen mussten, bevor sie nach etwa fünfzehn Metern eine grob gezimmerte Holztür erreichten.

Als Bob sie aufstieß, sahen die Jungs, wo sie gelandet waren. Der Stollen mündete in einer Felswand, die sich um einen riesigen Trichter zog. Daumenbreite Rillen an den Felsen über und unter ihnen verrieten Tim, dass dieses gigantische Loch nicht natürlich entstanden, sondern von Menschen in die Erde gefräst worden war. Bob erinnerte es an eine Badewanne, die man in den Boden eingelassen hatte. Sie waren jetzt ungefähr dort, wo in der Wanne der Überlauf hätte sitzen müssen. Der Boden war über und über mit vielen kleinen und größeren Löchern durchsiebt, und in der Mitte erkannte Tim die Holzkonstruktion, hinter der sich einer der tiefsten Schächte dieser Erde verbarg. Direkt daneben lag ein riesiger Haufen frischer Erde. Aber das überraschte Tim nicht sonderlich, damit hatte er schon gerechnet.

»Wie kommen wir da runter?« Bob deutete auf die Trichterwände aus rotem Sand und Felsen.

»Rutschen«, erwiderte Tim.

»Etwas Besseres fällt dir nicht ein?!«

Statt zu antworten, schüttelte Tim nur den Kopf, als sich plötzlich die Chefin des S.W.A.P. meldete.

»Euer Einsatz ist abgeblasen«, hörten sie Angela Steels Stimme aus ihren Kopfhörern. »Ihr könnt wieder nach Hause kommen. Die Regierungen haben beschlossen, die Angelegenheit auf ihre Art zu regeln.«

»Was soll das denn heißen?«, fragte Tim überrascht.

»Das heißt, dass bereits eine Bomberstaffel unterwegs ist.«

»Ich dachte, der Flugverkehr sei lahmgelegt«, bemerkte Bob.

»Die Bomber fliegen mit Radar und haben eine Spezialbeschichtung, damit ihnen die Asche in der Luft den Lack nicht wegschmirgelt. Sie müssten in einer halben Stunde bei euch sein. Dank euch wissen wir ja, wo sich Madame Hot verkrochen hat«, erklärte die Chefin, während in der Leitung wieder dieses merkwürdige Blubbern zu hören war.

»Aber Snyder ist noch da unten!«, rief Tim.

»Und Hoka Hay!«, ergänzte Bob.

»Ich weiß.« Die Stimme der Chefin klang traurig und müde.

»Außerdem nützt eine Bomberstaffel überhaupt nichts! Das macht alles nur noch schlimmer«, erklärte Tim. »Ich bin sicher, Madame Hot hat dieses Loch in der Erde noch tiefer bohren lassen. So tief, dass es bis zum Magma des Erdmantels reicht.

Dadurch kontrolliert sie die Vulkane. Keine Ahnung, wie sie das schafft, aber sie schafft es. Wenn da jemand seine Bomben draufschmeißt, dann ... dann kann alles Mögliche passieren.«

»Und was soll ich eurer Meinung nach machen?«, wollte die Chefin des S.W.A.P. von den Jungs wissen.

»Verschaffen Sie uns Zeit! Lassen Sie die Bomber noch eine Warteschleife drehen«, bat Bob. »Geben Sie uns eine halbe Stunde.«

Auf der anderen Seite der Leitung war das schwere Atmen von Angela Steel zu hören, das nur von dem anhaltenden Blubbern unterbrochen wurde.

»Ich werde sehen, was ich tun kann. Eine halbe Stunde, aber keine Sekunde länger«, erklärte die Chefin nach einer gefühlten Ewigkeit. »Viel Glück! Ende und raus.«

»Danke«, seufzte Bob erleichtert.

»Wieso bedankst du dich dafür, dass wir da unten für den S.W.A.P. unser Leben riskieren dürfen?«, fragte Tim.

»Wir tun das nicht für den S.W.A.P., sondern für die ganze Menschheit und die Zukunft des gesamten Planeten.«

»Für die ganze Menschheit, die Zukunft des gesamten Planeten und ein Ninja-Mädchen.«

»Mach dich nur lustig! Mal schauen, ob du auch noch Witze machst, wenn wir da unten angekommen sind«, bemerkte Bob und schielte über die Kante in die Tiefe. »Das geht nämlich ganz schön steil runter und ist echt tief.«

»Das sieht nicht nur so aus«, sagte Tim. »Das ist es auch.«

»Hat aber auch sein Gutes.«

»Und was soll das, bitte schön, sein? Das Gute daran?«

»Wir sind schneller unten. Denk dran, wir haben nur eine halbe Stunde.« Bob blickte Tim an, weil er spürte, dass sein Freund zögerte. »Was ist?«

»Na ja. Es ist tief ... und steil.«

»Nützt nichts! Wir müssen trotzdem da runter, und den Jetpack haben wir in Palermo zurückgelassen.«

Tim wagte einen Blick in den Abgrund.

Mach schon und reich mir deine Hand!
Spinnst du? Was soll das?
Gib sie mir einfach, sonst traue ich mich nicht.
Meinetwegen, hier sieht uns ja keiner. Bei vier geht es los.
Wieso vier?
Bei drei kann doch jeder.
Eins ...
... zwei ...
... drei und ...
... vie
AH

KAPITEL FÜNFUNDZWANZIG
BLICK IN DEN ABGRUND

Die Jungs überschlugen sich mehrmals hintereinander, bis sie, benommen und in einer roten Sandwolke eingehüllt, am Rande eines der vielen Löcher liegen blieben, die überall auf dem Grund des Kessels verstreut waren.

Als Bob wieder zu sich kam, hatte er fürchterliche Schmerzen. Jeder Knochen, jeder Muskel tat ihm weh, und er hoffte inständig, dass er sich wenigstens nichts gebrochen hatte. Er lag auf dem Bauch und überlegte, wie viel Zeit wohl seit ihrem Sprung vergangen war. Eine Minute oder eine Stunde? Es schien beides möglich. Nein, das mit der Stunde dann doch eher nicht, sonst wären die Bomber längst hier. Wahrscheinlich war er nur für ein paar Sekunden ohne Bewusstsein gewesen, schätzte Bob. Tim lag direkt neben ihm. Er war immer noch besinnungslos und sah ziemlich übel aus. Bei ihrem Sturz hatte er sich tiefe Schürfwunden im Gesicht, an den Händen und den Armen zugezogen. Bob fasste sich vorsichtig an die eigene Stirn. Auch er blutete.

Als Bob sich auf den Rücken drehte, blickte er in die blauen Augen zweier Männer. Sie trugen die gleichen dunkelroten Uniformen wie die Nachtwächter in der Eifel, und genau wie ihre Kollegen dort waren sie mit Pistolen bewaffnet. Das war unschwer zu erkennen, weil die beiden Männer ihre Waffen auf ihn und Tim gerichtet hielten.

»Aufwachen!« Bob stieß Tim, der immer noch regungslos neben ihm lag, den Ellenbogen in die Seite. »Ich glaube, da will jemand mit uns sprechen.«

Tim stöhnte auf. Auch ihm tat jeder einzelne Knochen weh.

»Mitkommen!«, befahl einer der beiden Uniformierten.

Bob warf einen kurzen Blick auf Tim. Von ihm war in den nächsten Sekunden keine Hilfe zu erwarten.

Wir kommen ja schon. Nur keine Hektik.
Ich muss ja erst mal aufstehen.
DA
Meine Augen! Ich kann nichts mehr sehen!
PENG
ARC
ZACK
KICK
PLOP

»Opalsucher«, erwiderte Tim und verzog das Gesicht vor Schmerzen. »Als der Konzern die Grube dichtgemacht hat, weil es sich für ihn nicht mehr lohnte, sind ganz viele Privatsammler hier aufgetaucht und haben die Erde durchwühlt. Die Löcher sind das, was davon übrig geblieben ist.«

»Und das steckt alles da oben drin?« Bob klopfte gespielt ehrfürchtig mit seinen Knöcheln gegen den Kopf seines Freundes.

»Da drin und hier drin! Im Gegensatz zu dir habe ich mich ein wenig vorbereitet auf das, was uns hier erwartet.« Tim zog das S.W.A.P.-Book aus seiner Tasche. Quer über das Display zog sich ein dicker Riss, und als Tim versuchte, das Gerät durch Berührung aus dem Standby-Modus zu erwecken, passierte gar nichts.

»💣@⚡💀≡#†!«, fluchte Bob. »Die Chefin macht uns fertig! Erst verlieren wir den Atomisator, und jetzt ist auch noch das S.W.A.P.-Book im Arsch.«

»Und deine Jacke sieht auch nicht mehr gut aus.« Tim deutete auf den Ärmel seines Freundes, der nach ihrem Sturz nur noch aus Fetzen bestand.

»Schau dich erst mal an«, sagte Bob.

»Lieber nicht«, erwiderte Tim. »Was willst du eigentlich mit dem Ding da?« Tim zeigte auf die Pistole, die Bob in der Hand hielt.

»Schrotthändler«, antwortete Bob knapp.

»Wie bitte?«

»Die Altmetallpreise gehen gerade durch die Decke. Das ›Ding‹, wie du es nennst, ist ein kleines Vermögen wert.«

»Kann ich von dir auch mal eine vernünftige Antwort kriegen?!«

»Ich will damit werfen, falls wir uns verteidigen müssen.«

»›Vernünftig‹, habe ich gesagt.«

»Na, was wohl? Schießen natürlich, wenn es sein muss.«

»Das Ding da ist echt. Das macht bestimmt richtig große, eklige Löcher.«

»Ich hab doch gesagt, nur wenn es sein muss. Und jetzt lass uns endlich gehen!«

So schnell ihre schmerzenden Knochen es erlaubten, liefen die Jungs zu der unscheinbaren Holzkonstruktion, hinter der sich eines der tiefsten Löcher der Erde befand. Als sie an der Tür ankamen, stellten sie fest, dass sie verschlossen war.

»Klarer Fall für den Laser«, erklärte Tim.

Bob griff sich an den Finger, aber da war kein Ring mehr. Sein Blick wanderte suchend über die durchlöcherte Ebene.

»Ich muss ihn verloren haben, als wir da runtergesprungen sind«, erklärte Bob und deutete auf die hohe Felswand.

»Wir sind nicht gesprungen, wir sind gekullert«, verbesserte Tim.

»Ist doch gehupft wie gesprungen. Tatsache ist, dass der Laserring nicht mehr da ist. Wir müssen zurück und ihn suchen«, schlug Bob vor.

»Dafür haben wir keine Zeit. Außerdem ist das in dem roten Sand komplett hoffnungslos«, erwiderte Tim. »Am besten ist, du schießt uns den Weg einfach frei.«

»Brauch ich gar nicht. Hier, halt mal.« Bob drückte seinem Freund die Pistole in die Hand. »Aber nicht auf mich.«

»Kannst du mit so einer Knarre überhaupt umgehen?« Tim zielte mit der Waffe auf den Shuttleschacht, der von hier unten nur noch als kleines rundes Loch in der Felswand zu erkennen war.

»So schwer ist das nicht. Wenn man da unten den Hahn durchdrückt, kommt vorne eine Kugel raus.« Bob verschränkte seine Hände und ließ die Fingerknochen knacken, dann zog er den Akku-Schrauber aus der Tasche und begann damit, die Schrauben an den Scharnieren der Holztür abzuschrauben. »Ich wusste von Anfang an, dass der uns noch mal helfen würde.«

Tim verzichtete auf eine Antwort. Er scannte mit der Pistole in der Hand weiter misstrauisch die Umgebung, um sicherzugehen, dass hier nicht noch mehr Uniformierte Streife liefen. Doch abgesehen von den wütenden Schreien der beiden Männer in ihren Löchern war nichts Verdächtiges zu hören oder zu sehen.

»Sesam, öffne dich«, flüsterte Bob, als er alle Schrauben gelöst hatte und die Tür einfach zur Seite schieben konnte.

»Wow!«, machte Tim beeindruckt. »Du kannst ja zaubern!«

»Noch ein Wort, und du bist ein Frosch.«

Hinter der grob gezimmerten Fassade befand sich eine breite Stahltreppe, die steil nach unten führte. Bob streckte die Hand aus, und Tim gab ihm die Pistole zurück. Er war froh, sie wieder los zu sein. Sie war schwerer, als er erwartet hatte, und so richtig geheuer war ihm das Ding auch nicht. Bob steckte die Pistole in seinen Hosenbund und betrat die Treppe. Sein Gesicht spiegelte sich auf der obersten Stufe, die glänzte, als wäre sie frisch poliert worden. Ein kurzer Blick auf sein Spiegelbild reichte Bob, um festzustellen, dass er tatsächlich genauso zerschunden aussah wie Tim, wenn nicht sogar schlimmer. Aber das hatte er schon befürchtet. Tim klopfte Bob, der vorausging, auf die Schulter und hielt sich den Zeigefinger vor die Lippen. Bob nickte. Es war tatsächlich klüger, die Metalltreppe auf Zehenspitzen hinunterzulaufen. Vorsichtig nahm er eine Stufe nach der anderen, immer bemüht, dabei so wenig Lärm wie möglich zu machen. Von irgendwoher weiter unten ertönten Stimmen, und Tim glaubte für einen Moment sogar, Snyders tiefen Bass erkennen zu können. Aber so genau war das nicht zu sagen, weil die Stimmen in dem tiefen Schacht hallten und es immer wieder zu Echo-Effekten kam.

Tim zählte die Stufen, um abschätzen zu können, wie tief sie schon hinabgestiegen waren. Bei Stufe zweihundertvierzig erreichten sie eine Plattform, die den Blick auf eine große Halle freigab. Bob und Tim legten sich auf den warmen Stahl, um sich so ungesehen einen Überblick über die Lage zu verschaffen.

An einer Wand ihnen direkt gegenüber hing eine Anzeigetafel, ganz ähnlich der, die die Jungs schon in dem Labor in Reykjavík gesehen hatten. Aber diese hier war größer, viel größer, und deshalb war jeder einzelne Vulkan dieser Erde, der dort verzeichnet war, sogar von ihrem Treppenabsatz aus gut zu erkennen. Die, die bereits ausgebrochen waren, leuchteten rot. Tim stieß Bob an, um ihm zu zeigen, dass der Ätna auf Sizilien immer noch gelb blinkte. Das taten die meisten. Grüne Lichter gab es so gut wie keine mehr. Direkt vor der Tafel stand Madame Hot, die von zwei bewaffneten Leibwächtern flankiert wurde, und sog gierig an einer Zigarette. Sie trug wieder ihren silbernen Hosenanzug und über den Augen die rote Maske, die so gut zu ihrer Haarfarbe passte. Jetzt war es Bob, der Tim anstieß. Er deutete auf ein schwebendes Zelt, das sich nur wenige Meter von Madame Hot entfernt befand. Der dunkelrote Stoff, der bis auf den Steinboden reichte, hing am Ende einer Stange, die von einem Diener gehalten wurde. Zwischen den Stofffalten erschien eine faltige Männerhand mit dicken Klunkern an allen fünf Fingern. Rechts und links wurde das Zelt von zwei Riesen bewacht, die Madame Hots Leibwächter um mindestens einen ganzen Kopf überragten. Einer der Riesen reichte der faltigen Hand ein Glas mit Wasser. Dann waren die beringten Finger auch schon wieder hinter dem Stoff verschwunden.

»Das ist er«, flüsterte Bob. »Das ist Baron von Funeral. Es ist dasselbe Zelt wie damals in dem Palazzo in Venedig.«

»Nette Gesellschaft, in die Snyder und Hoka Hay da geraten sind«, erwiderte Tim. »Madame Hot und der Baron scheinen sich ja ziemlich sicher zu fühlen, wenn sie nur vier Sicherheitsleute dahaben.«

»Weißt du noch, bei der Operation Deep Water am Südpol? Als wir es mit Hunderten von denen zu tun hatten? Dagegen ist das hier das reinste Kinderspiel.«

»Da bin ich mir nicht so sicher.« Tim deutete auf einen eisernen Steg, der bis in die Mitte eines Lochs hineinragte. Das befand sich exakt in der Mitte des Raumes und besaß einen Durchmesser von fünf Metern, das wusste Tim aus dem S.W.A.P.-Book. In dem Loch flackerte ein rotes Licht, und der Feuerschein bestätigte, was Tim schon die ganze Zeit vermutet hatte. Madame Hot hatte das Loch noch weiter in die Tiefe treiben lassen, bis sie auf das Magma im Erdmantel gestoßen war. Das erklärte auch den frisch ausgehobenen Erdhaufen, der draußen neben der Holzhütte lag. Doch das war jetzt nicht so wichtig. Wichtig war, wer da auf einem Hocker gefesselt am Ende des Stegs saß.

KAPITEL SECHSUNDZWANZIG
EIN MEISTERSCHUSS

»Ich könnte den Strick durchschießen, um Snyder und Hoka Hay zu befreien«, flüsterte Bob und zielte mit der Pistole auf die zwei Gefesselten.

»Nein«, widersprach Tim.

»Wie ›Nein‹?«

»Könntest du nicht.«

»Wetten, dass ...«

»Und was ist, wenn du die Wette verlierst? Außerdem glaube ich, die beiden können sich ganz gut allein helfen.« Tim hatte beobachtet, wie Hoka Hay unauffällig versuchte, sich von den Stricken zu befreien. »Wir schauen uns erst einmal in Ruhe an, was hier überhaupt gespielt wird.«

Madame Hot hatte sich zu einem Tisch umgedreht, auf dem in einem Holzgestell zwei Reagenzgläser standen. Das eine war mit einer roten, das andere mit einer grünen Flüssigkeit gefüllt. Auf ein Zeichen von ihr streckte einer ihrer Männer die Hand aus. Madame Hot drückte die Zigarette in seiner Handfläche aus und griff nach dem Glasröhrchen mit der roten Füllung.

Dann schritt sie feierlich zu dem Loch in der Mitte des Raumes und hielt das Reagenzglas so schräg über die Grube, dass sich ein einzelner Tropfen löste und in die Tiefe fiel. Es dauerte eine ganze Weile, ehe eine Reaktion erfolgte. Die aber war gewaltig. Aus dem Loch loderten rote Flammen hoch, die Hoka Hay und Snyder beinahe den Hintern versengten. Madame Hot zog schnell ihre Hand zurück, die sie mit dem Reagenzglas immer noch über das Loch gehalten hatte. Erwartungsvoll schaute sie auf die Tafel, wo kurz darauf das Lämpchen eines Vulkans in Südamerika von Gelb auf Rot sprang.

»Beeindruckend! Wirklich beeindruckend!«, erklang die Stimme Baron von Funerals unter dem Stoff seines Zeltes hervor.

»Danke! Es hat mich auch Jahre gekostet, dieses Serum herzustellen, und ohne Ihr Geld hätte ich es nie geschafft«, erklärte Madame Hot und deutete eine leichte Verbeugung in Richtung des Barons an. »Sie müssen es sich wie ein Brechmittel vorstellen. Ein Tropfen davon genügt, und irgendwo auf der Welt geht ein Vulkan hoch, als müsste er sich übergeben.«

»Und wozu ist die grüne Flüssigkeit gut?«, fragte der Baron.

»Das ist so eine Art Neutralisator«, erwiderte Madame Hot stolz. »Der beruhigt sozusagen den Magen wieder, wenn wir zwei unser kleines Geschäft abgeschlossen haben.«

»Richtig, richtig, unser kleines Geschäft«, sagte von Funeral. »Sie bekommen Snyder und ich die Herrschaft über die Welt. So kriegen wir beide, was wir uns schon lange wünschen. Es ist nur noch eine Frage der Zeit, dass die Regierungen angesichts der katastrophalen Lage kapitulieren und mir ihre uneingeschränkte Herrschaft übertragen. Und Sie? Sie haben ja bereits, was Sie wollten.«

»Das habe ich, und ich bin sehr zufrieden«, erklärte Madame Hot und warf Snyder einen verliebten Blick zu. Der Top-Agent sah aus, als ob er etwas sagen wollte. Aber mit dem Knebel im Mund war das unmöglich. Alles, was er rauskriegte, war ein unverständliches Grunzen.

Bob nahm das Glas ins Visier, das Madame Hot immer noch in der Hand hielt. Tim griff von der Seite auf den Lauf.

»Warte! Noch einen Moment. Jetzt ist es zu gefährlich. Wenn du triffst, landet die ganze Soße in dem Loch. Und wer weiß, was dann passiert. Nachher fliegt uns noch der komplette Planet um die Ohren. Wo doch schon ein Tropfen ausreicht, um einen Vulkan zum Ausbruch zu bringen ...«

Tim hatte recht. Madame Hot war mit dem Reagenzglas in der Hand auf den schmalen Steg geklettert und stand nun direkt vor Snyder.

Wenn Bob sich nicht irrte, glitzerte dabei tatsächlich eine kleine Träne in ihrem rechten Augenwinkel. Für eine Sekunde trafen sich die Blicke von Bob und dem Ninja-Mädchen, das immer noch versuchte, sich unauffällig von den Stricken zu befreien. Unmerklich schüttelte Hoka Hay den Kopf, was wohl heißen sollte, dass die Jungs sich gefälligst aus der Sache rauszuhalten hatten. Doch Bob dachte gar nicht daran. Er wartete nur darauf, dass Madame Hot sich weit genug von dem Steg entfernte, damit er endlich schießen konnte, ohne dabei gleich die ganze Welt in die Luft zu jagen.

»Aber meine Schönste, ich hatte ja absolut keine Ahnung«, sülzte Snyder, nachdem Madame Hot ihn von seinem Knebel befreit hatte. »Wenn ich das damals gewusst hätte! Ich habe mich doch nur nie getraut, Sie anzusprechen! So schön und unnahbar, wie Sie waren. Unser ganzes Leben wäre anders verlaufen, denn ich liebe Sie doch. Habe Sie vom ersten Augenblick an geliebt, seit unserem ersten Treffen, geliebt wie keine andere in meinem ganzen Leben.«

Bob und Tim blickten sich kurz an und verdrehten die Augen. Snyder war ein hervorragender Geheimagent, aber ein miserabler Schauspieler.

Madame Hot schien ihm trotzdem zu glauben – weil sie ihm glauben wollte. Sie griff schon nach dem Strick, um Snyder zu befreien, als Baron von Funeral dazwischenbrüllte: »Der lügt doch wie gedruckt! Fragen Sie ihn, verehrte Madame Hot, wo er Sie gesehen hat. Na los, fragen Sie schon!«

Madame Hot trat einen Schritt zurück und betrachtete Snyder prüfend. »Wo haben wir uns denn das erste Mal getroffen, Thomas? Das weißt du doch sicher noch, oder?«

»Das war in … äh … ja … das kann eigentlich nur … Berlin gewesen sein. Natürlich war es Berlin! Ich erinnere mich noch ganz genau.«

Tim bewunderte Snyder für die Antwort, weil es die klügste war, die er hatte geben können. Außer Madame Hot war jedem anderen in diesem Raum klar, dass der Top-Agent nicht die geringste Ahnung hatte, wo die beiden sich zum ersten Mal gesehen hatten. Ganz offensichtlich erinnerte er sich nicht einmal daran, sie überhaupt jemals getroffen zu haben. Deswegen war Berlin die klügste Antwort, die Snyder geben konnte. Es war einfach eine Frage der Wahrscheinlichkeit. Berlin war die größte Stadt Deutschlands, und deswegen war es auch am wahrscheinlichsten, dass sie dort einmal zur selben Zeit gewesen waren. Leider war die Antwort falsch.

»Kalt, ganz kalt«, antwortete Madame Hot frostig.

»Frankfurt?«

»Noch kälter.«

»München?«

»Ich erfriere gleich!«

»Münster?«

»Schon wärmer!«

»Bremen?«

»Es war Hamburg, Hamburg, Hamburg!«, schrie Madame Hot und zog ihre Hand wieder von dem Knoten weg, der Snyder und Hoka Hay aneinanderfesselte. Sie drehte sich wütend um und stapfte über den Steg zurück, während Snyder ihr hinterherrief: »Natürlich, wie konnte ich das verwechseln! Es war Hamburg, nicht Berlin! Und es regnete!«

Auch das war klug, stellte Tim anerkennend fest, weil es in Hamburg oft regnete.

»Die Sonne schien! Es war ein absolut wolkenloser Himmel im schönen Monat Mai!«, brüllte Madame Hot, die den Steg mittlerweile verlassen hatte und jetzt wutentbrannt auf Baron von Funeral zulief, so als wollte sie ihr kleines Geschäft wieder rückgängig machen.

Bob nutzte den Augenblick, da das Reagenzglas nicht mehr in das Loch fallen konnte, und drückte den Abzug seiner Pistole durch. Nichts geschah.

»Was ist los?«, flüsterte Tim.

»Ups, ich habe wohl vergessen, zu entsichern.« Bob legte den Sicherungshebel um und zielte erneut.

»Von wegen: ›So schwer ist das nicht. Wenn man da unten den Hahn durchdrückt, kommt vorn eine Kugel raus‹«, höhnte Tim.

»Noch ein Wort, und du schießt.«

Tim hielt sich einen Finger vor den Mund und tat so, als ob er sich mit einem Schlüssel die Lippen verschließen würde. Dann machte er eine theatralische Wurfbewegung hinter sich.

»Schon besser«, brummte Bob und drückte ein zweites Mal ab.

Im nächsten Moment passierten mehrere Dinge gleichzeitig.

Das Reagenzglas in Madame Hots Hand zersplitterte, und die rote Flüssigkeit verteilte sich über den Betonboden, ohne dass auch nur ein einziger Tropfen in das Loch fiel.

Madame Hot schrie erschrocken auf und flüchtete sich unter das schwebende Zelt des Barons.

Hoka Hay war es endlich gelungen, ihre Fesseln abzustreifen. Sie schnappte sich Snyder und eilte mit dem Top-Agenten den Steg entlang, um ihn und sich in Sicherheit zu bringen.

Madame Hots Männer und die Riesen, die Baron von Funeral bewachten, zogen ihre Waffen und feuerten wild in die Richtung, aus der der Schuss auf das Reagenzglas gekommen war.

Der Diener des Barons ließ vor Schreck die Stange fallen, mit der er das Zelt gehalten hatte, und rannte panisch davon. Die Folge war, dass der rote Stoff in sich zusammenfiel und von Funeral und Madame Hot unter sich begrub.

Und Bob und Tim?

Die pressten sich noch flacher auf den Boden, während die Kugeln über sie hinwegpfiffen oder von unten gegen das Stahlblech des Treppenabsatzes knallten.

Tim griff sich ans Ohr, aber sosehr er es auch rieb, diesmal wollte ihm nichts einfallen, gar nichts, weniger als nichts. Er wagte einen Blick über die Kante, zog den Kopf jedoch schnell wieder zurück, weil eine Kugel haarscharf an seiner Schläfe vorbeizischte. Trotzdem hatte er in dem kurzen Moment genug gesehen. Von Funeral hatte den Stoff seines Zeltes über sich zusammengerafft, sodass Madame Hot jetzt schutzlos und heulend auf dem Boden hockte. Der Baron selbst kroch unter dem Zelt auf den Tisch mit dem grünen Reagenzglas zu, während seine und Madame Hots Männer weiter auf den Treppenabsatz feuerten. Es war nur noch eine Frage der Zeit, bis sie das Metall, auf dem die Jungs lagen, durchsiebt haben würden. Tim beschäftigte im Augenblick allerdings weniger die Gefahr, in der er und Bob schwebten, sondern Hoka Hay und Snyder. Der Top-Agent musste auf ihrer Flucht von dem Steg ausgerutscht und in das Loch gestürzt sein. Jetzt baumelte er an Hoka Hays rechter Hand über dem Abgrund, und Tim war sich nicht sicher, wie lange das Ninja-Mädchen Snyder noch würde halten können. Zu sich heraufziehen konnte sie ihn auch nicht, weil sie aus Respekt vor den Querschlägern, die durch den Raum sirrten, bäuchlings auf dem schmalen Steg lag.

»Alles okay?«, fragte Bob, als er Tims besorgtes Gesicht sah.

»Abgesehen davon, dass wir beschossen werden und Snyder gleich in dem Loch da verschwindet, könnte es für uns gar nicht besser laufen«, erwiderte Tim und griff sich wieder ans Ohr. Dann fiel sein Blick auf den Akku-Schrauber, den sich Bob in den Hosenbund gesteckt hatte, nachdem er damit die Scharniere gelöst hatte. »Trommel mit deinen Füßen auf das Metall. Na los, mach schon! Trommel, so laut du kannst!«

»Was soll das denn jetzt werden? Ein Bongo-Workshop?«, fragte Bob. »Ich weiß ja nicht, ob das hier der richtige Zeitpunkt dafür ist.«

»Frag nicht so blöd! Trommel endlich!« Tim hatte sich bereits auf den Rücken gedreht und stampfte mit den Füßen auf das Stahlblech, während von unten die Kugeln dagegenprasselten.

KAPITEL SIEBENUNDZWANZIG
WARTEN AUF DEN BUS

Bob tippte sich an die Stirn. Trotzdem trampelte er mit den Fersen seiner Stiefel auf die Metallplatte des Treppenabsatzes, obwohl ihm immer noch jeder Knochen seines Körpers wehtat. Tim ging es nicht besser, aber anstatt nachzulassen, steigerte er noch einmal den Rhythmus seines Stampfens, bis es so ohrenbetäubend laut klang, als wäre eine ganze Armee im Anmarsch. Doch erst als die Trommelfelle der Jungs kurz vorm Platzen waren, brüllte Tim, so laut er nur konnte: »Gebt auf! Ihr habt keine Chance! Hört ihr nicht, dass da oben unsere Verstärkung die Treppe runterkommt? Ihr seid nur zu viert, die aber sind zehnmal so viele. Mindestens!«

»Echt?«, fragte Bob, der aufgehört hatte zu trampeln. »Gott sei Dank, das wurde auch höchste Zeit.«

»Mach weiter!«, zischte Tim. »Wir bluffen doch nur. Genau wie du mit deinem Akku-Atomisator.«

»Sag das doch gleich!« Bob grinste und erhöhte ebenfalls noch einmal die Schlagzahl seiner Tritte auf der Stahlplatte.

Die Schüsse von unten wurden weniger, so als ob die Männer nicht mehr ganz bei der Sache wären und sich bereits ihre Überlebenschancen ausrechnen würden, falls da wirklich eine ganze Armee im Anmarsch war.

»Das ist ein Bluff!«, quäkte Baron von Funeral wütend unter seinem Zelt. »Da kommt niemand. Ich bezahle euch nicht fürs Rumstehen. Feuert weiter!«

Tim wusste nicht, ob Snyder und Hoka auch auf ihren Bluff reingefallen oder einfach nur clever genug waren, das Spiel mitzuspielen. Im Grunde war es egal. Am Ende zählte nur das Ergebnis: Das Schießen hatte aufgehört.

Die vier Männer hatten ihre Waffen vor sich auf dem Boden abgelegt und die Hände über ihrem Kopf verschränkt. Madame Hot lag heulend in einer Ecke, Hoka Hay zog Snyder zu sich herauf, und Baron von Funeral war jetzt nur noch wenige Meter von dem Reagenzglas mit der grünen Flüssigkeit entfernt, das immer noch in dem Holzgestell auf dem Tisch stand. Genau dort, wo Madame Hot es hatte stehen lassen.

Bob und Tim waren zu weit weg, um ihn aufhalten zu können, und Hoka war weiterhin damit beschäftigt, Snyders schweren, bandagierten Körper zurück zu sich auf den schmalen Steg zu hieven. Gleich würde der Baron das rettende Serum erreichen. Die Jungs wussten beide, dass von Funeral die grüne Flüssigkeit nicht dazu verwenden würde, die ausgebrochenen Vulkane wieder ruhig zu stellen. Sie hatten aufgehört zu trampeln und starrten hinunter, wo der Baron sich nun aufgerichtet und seine knochige Hand unter dem Zeltstoff nach dem Reagenzglas ausgestreckt hatte.

Bob rappelte sich hoch. Er hatte die leer geschossene Pistole am Lauf gepackt, schloss sein linkes Auge, um besser zielen zu können, murmelte »Kamera ab!«, holte weit aus und warf. Die Waffe rotierte in der Luft wie ein Bumerang, drehte eine elegante Runde durch den Raum und landete exakt dort, wo Bob unter dem Zeltstoff den Kopf des Barons vermutet hatte. Von Funeral taumelte fluchend zurück. Ganz offensichtlich hatte er durch den Kopftreffer die Orientierung verloren. Er war jetzt nur noch ein paar Schritte von dem Loch entfernt, doch niemand wagte es, ihn festzuhalten. Bob und Tim waren sowieso zu weit weg, seine Männer standen eingeschüchtert in einer Ecke des Raumes, und Hoka Hay war es gerade erst gelungen, Snyder endgültig in Sicherheit zu bringen.

»Vorsicht!«, brüllte Tim, und Bob schloss sich mit einem lauten »Achtung!« an, als der Baron am Rand des Loches angekommen war. Zu spät: Mit einem lauten Schrei stürzte Funeral in die Tiefe. Der Stoff seines Zeltes hatte sich an dem Steg verfangen und blähte sich in der heißen Luft, die aus der Tiefe in die Höhe stieg. Kurz darauf sprang eines der Lichter auf der Anzeigetafel von Gelb auf Rot. Es war ein Vulkan irgendwo in den Tiefen Asiens.

»Wir haben ihn gewarnt«, sagte Tim.

»Stimmt, uns kann da keiner einen Vorwurf machen«, entgegnete Bob.

»Guter Wurf übrigens«, sagte Tim. »Respekt!«

»Danke«, erwiderte Bob. »Hast du alles gefilmt?«

»Siehst du hier irgendwo eine Kamera?!« Tim zog das S.W.A.P.-Book aus der Tasche. »Wir haben nur das hier, und das ist total hinüber.«

»Hätte ich mir ja denken können! Also wieder alles umsonst, genau wie auf der Straße, wo ich den Ball …«

»Du?«, fuhr Tim dazwischen. »Das war doch mein genialer Schuss, dessen Aufzeichnung du versemmelt hast!«

»Hey, ihr zwei Anfänger! Hört auf zu quatschen und kommt endlich runter«, unterbrach sie Snyder. »Hoka kann hier absolut ein bisschen Hilfe gebrauchen.«

Bob und Tim blickten über das Treppengeländer hinunter. Snyder lag auf dem Boden, und Hoka Hay schnappte sich gerade eine der Pistolen vom Boden. Sie richtete die Waffe drohend auf die vier Sicherheitsleute, die mit erhobenen Armen an der Wand standen, während Madame Hot immer noch laut jammernd in der Ecke lag. Soweit die Jungs das von ihrem erhöhten Standpunkt aus beurteilen konnten, schien das Schlimmste überstanden. Sie hatten das Ende der Menschheit in letzter Sekunde noch einmal abgewendet.

Tim hielt die rechte Hand zum Abklatschen in die Höhe, und Bob schlug wortlos ein. Dann stiegen sie die Treppe zu Snyder hinunter, der mit dem Oberkörper an einer der Wände lehnte.

»Gut seht ihr aus«, sagte Snyder und zeigte auf die zahllosen Abschürfungen in den Gesichtern der Jungs und ihre zerfetzten Jacken.

»Danke, das Kompliment geben wir gern zurück«, erwiderte Bob und grinste den Top-Agenten an, der auch nicht viel besser aussah als die Jungs.

»Statt sich hier weiter gegenseitig Komplimente zu machen, sollten wir langsam mal der Chefin Bescheid sagen, damit sie die Bomber wieder nach Hause schickt«, erklärte Tim. »Wollen Sie, Snyder? Sie wird sich bestimmt freuen, Ihre Stimme zu hören.«

»Geht nicht«, knurrte Snyder knapp und klopfte sich mit der Hand auf den Bauch. »Ich hab die Kopfhörer runtergeschluckt, damit sie dem Feind nicht in die Hände fallen.«

»Daher also das ständige Blubbern in der Leitung«, lachte Bob.

»Aber was wollten Sie überhaupt in Palermo?«, unterbrach Tim. »In Ihrem Zustand?«

»Der alte Krieger wollte die Sache selbst in die Hand nehmen, und weil er in seinem Rolli die Stufen allein ja nicht raufkommt, hat er mich angebettelt, ihn zu begleiten.« Hoka Hay schlenderte langsam auf sie zu. In der einen Hand hatte sie die Pistole, die sie lässig auf die Sicherheitsleute und Madame Hot gerichtet hielt, in der anderen das Reagenzglas mit der grünen Flüssigkeit.

Sie musste es aus dem Holzgestell genommen haben, als die Jungs die Treppe hinuntergestiegen waren.

»Ich habe darum gebeten, nicht gebettelt«, korrigierte Snyder.

»Gebettelt«, wiederholte Hoka Hay. »Aber es war eine Falle. Madame Hot hat uns mit ihren Männern schon erwartet. Wir hatten nicht den Hauch einer Chance.« Bei ihren letzten Worten kippte sie im Vorbeigehen das grüne Serum mit Schwung in das Loch, so als würde sie einen Eimer Spülwasser in den Ausguss schütten.

»☀◎⚡☠≡#†!«, fluchte Tim. »Das durftest du nicht! Das war unser Job! Und überhaupt ...«

Weiter kam er nicht, weil aus der Tiefe ein dunkles, lautes Grollen ertönte. Den Jungs, Snyder und auch Hoka Hay stockte der Atem. Tim befürchtete für eine Sekunde, dass die grüne und die rote Flüssigkeit sich nur in der Farbe unterschieden, aber dieselbe Wirkung besaßen. Vielleicht war auch das eine Falle von Madame Hot und Baron von Funeral gewesen, in die das Ninja-Mädchen nun hineingetappt war.

Das Grollen dauerte genau fünf Sekunden, dann war es mit einem Mal ganz still. Beängstigend still. Nach weiteren fünf Sekunden, in denen alle gebannt auf die Tafel starrten, sprangen die Lämpchen über den Vulkanen nacheinander von Rot auf Gelb und schließlich auf Grün.

»Was ist los?«, brüllte Snyder hinter ihnen. »Hey, ich will wissen, was los ist! Was ist da unten denn so Geheimnisvolles?«

»Da ist ein Vorsprung«, rief Hoka Hay über die Schulter.

»Und dahinter ist eine Tür, die weiß-der-Teufel-wohin führt«, sagte Tim.

Bob schnappte sich den Zeltstoff, der immer noch an dem Steg hing, und band ihn sich um den Bauch.

»Was hast du mit dem Zelt vor?«, fragte Tim.

»Campen gehen, was sonst«, erwiderte Bob. Erst als er die verdutzten Gesichter der anderen sah, ergänzte er: »Natürlich nicht! Ich will mir die Tür da unten mal genauer ansehen. Kannst du mich sichern, Hoka?«

»Klar«, erwiderte das Ninja-Mädchen und schnappte sich das andere Ende der Stoffbahn.

»Dann benutz den Atomisator!«, brüllte Snyder.

»Geht nicht, den haben die Brasilianer. Schmeißen Sie mir doch einfach Ihren runter«, antwortete Bob.

»Geht nicht«, sagte Hoka Hay. »Den haben Madame Hots Männer in Palermo einkassiert. Aber weil sie ihn für einen Akku-Schrauber hielten, haben sie ihn einfach in die Werkzeugkiste geschmissen. Da liegt er wahrscheinlich immer noch.«

»Baron von Funeral ist weg, den holen wir nicht mehr ein«, mischte sich Tim ein. »Wahrscheinlich war dieser Notausgang seine Idee, für den Fall, dass …«

Genau in dem Augenblick wurde er von einer weiblichen Stimme unterbrochen.

KAPITEL ACHTUNDZWANZIG AUF DEM SOFA

»Da ist die Chefin in der Leitung«, zischte Bob Snyder und Hoka Hay zu. Er stand immer noch unten auf dem Vorsprung und gab dem Ninja-Mädchen ein Zeichen, ihn vorsichtig wieder nach oben zu ziehen.

»So ähnlich war es ja auch«, erklärte Tim der Chefin des S.W.A.P. »Nur nicht draufgeschüttet, sondern druntergemischt. Sozusagen.«

»Verstehe ich nicht, muss ich aber auch nicht. Nur das Ergebnis zählt«, erwiderte Angela Steel. »Jetzt sagt bloß, ihr habt Snyder auch noch gefunden? Ich mache mir nämlich langsam Sorgen um ihn. Die amerikanischen Kollegen haben diesen Oliver Warm aufgelesen, als er in Texas gelandet ist. Er hat alles gestanden und erzählt, dass Thomas sich in der Gewalt dieser verrückten Madame Hot befindet.«

»Snyder ist hier bei uns, und Hoka Hay auch«, beruhigte Tim die Chefin des S.W.A.P.

»Und sie sind beide wohlauf«, rief Bob, als Hoka Hay ihn langsam nach oben zog.

»Hallo, Angela, hier ist alles absolut im grünen Bereich«, brüllte Snyder so laut, dass Angela Steel ihn hören konnte.

»Bei mir auch«, rief Hoka Hay. »Und Madame Hot haben wir auch in unserer Gewalt.«

»Was wollte diese Person überhaupt von dir?«, fragte Angela Steel, und wenn Tim sich nicht täuschte, klang sie dabei ein ganz klein wenig eifersüchtig.

»Ach, nur das Übliche«, wiegelte Snyder ab. »Das war absolut nichts Persönliches. Ich kenne die Frau ja auch gar nicht, habe sie noch nie gesehen. Hoka hält sie in Schach, von der geht absolut keine Gefahr mehr aus.«

»Sehr gut gemacht, Hoka Hay!«, lobte Angela Steel, die ebenfalls angefangen hatte zu brüllen, damit Snyder und das Ninja-Mädchen sie verstehen konnten.

Tim verzog das Gesicht, weil ihm von der Schreierei fast das Ohr abflog. Und weil Hoka Hay schon wieder dabei war, ihnen ihren Erfolg zu stehlen. Aber auch das hatte er ja schon befürchtet.

»Das ist ein ...«, rief Tim dazwischen, doch ein leichter Schwenk des Pistolenlaufs von den Sicherheitsleuten zu ihm ließ ihn seinen Satz anders beenden, als er es geplant hatte, »... ein hochverdientes Lob. Ohne sie hätten wir hier unten wirklich keine Chance gehabt.«

Hoka Hay grinste zufrieden.

»Die nächsten zwei Shuttles sind bereits für euch reserviert und bringen euch nach Hause«, erklärte die Chefin.

»Und was passiert mit Madame Hot und ihren Männern?«, wollte Tim wissen.

»Die lassen wir später abholen. Weglaufen können sie ja nicht, ist schließlich nichts als Wüste um euch rum«, antwortete Angela Steel. »Gibt es sonst noch was, was ich wissen müsste? Irgendwelche Verlustmeldungen?«

»Das S.W.A.P.-Book ist kaputt«, sagte Tim. »Und unsere Klamotten sind nicht mal mehr für die Altkleidersammlung zu gebrauchen.«

»Und außerdem fehlt der Laserring und ein Atomisator«, erklärte Bob.

»Zwei«, korrigierte Snyder. »Insgesamt fehlen zwei, und ob meine Mikrokopfhörer zu retten sind, nachdem ich auf dem Klo war, ist auch noch nicht absolut sicher.«

Die Chefin stöhnte auf, sagte aber nichts. Tim nahm an, das lag daran, dass der S.W.A.P. mit der Shuttle-Vermietung in den letzten Tagen gute Geschäfte gemacht hatte und daher finanziell im Augenblick ausnahmsweise mal einigermaßen solide dastand.

»Und wer, bitte schön, hat eure zauberhaften Atomisatoren jetzt?«, wollte die Chefin wissen.

»Meiner liegt in einem Werkzeugkasten in Palermo«, rief Snyder.

»Und unseren haben die Brasilianer«, ergänzte Bob.

»Sind die eigentlich immer noch hinter uns her?«, schob Tim schnell nach, um das Thema zu wechseln.

»Nein, die haben euch verziehen«, erklärte Angela Steel. »Das Endspiel bestreiten morgen Island und die Schweiz. Die Brasilianer haben offiziell erklärt, dass es unter ihrer Würde wäre, sich ein solches Finale überhaupt anzusehen. Sie fordern eine Wiederholung der WM und haben ihren Rachefeldzug erst mal abgeblasen.«

»Wenigstens etwas«, stöhnte Bob erleichtert.

Bob und Tim sahen sich an und seufzten, während in der Leitung nur noch das Blubbern aus Snyders Magen zu hören war. Das erinnerte Bob daran, dass auch sein Magen immer noch schrecklich knurrte.

Hoka Hay und Bob hatten Snyder die Treppe raufgeschleppt, und irgendwie war es ihnen gemeinsam gelungen, mit ihm zu dem Shuttle-Einstieg hinaufzusteigen, den die Jungs zuvor heruntergekullert waren. Auf dem Hinweg hatte es Hoka genau wie die Jungs gemacht und Snyder hinunterrollen lassen.

Madame Hot und ihre Sicherheitsmänner hatten sie wie geplant zurückgelassen, nachdem Tim sicherheitshalber mit der Zeltplane die letzten Tropfen der roten Flüssigkeit aufgewischt hatte. Nur, damit Madame Hot nicht noch auf dumme Gedanken kam. Das aber war kaum zu befürchten. Madame Hot hatte völlig apathisch in einem fort »Thomas, mein Schatz!« und »Ich habe es doch nur aus Liebe getan« vor sich hin gemurmelt.

Ihre Männer und die des Barons hatten peinlich berührt daneben gestanden und eigentlich ganz glücklich gewirkt, dass die Sache für sie an dieser Stelle beendet war und sie noch einmal mit heiler Haut davongekommen waren – auch wenn die angekündigte Verstärkung der S.W.A.P.-Sonderspezialeinheit, der sie sich ergeben hatten, immer noch nicht aufgetaucht war und auch niemals auftauchen würde.

Jetzt warteten die Jungs mit Hoka und Snyder in der Station auf die versprochenen Suburb-Shuttles.

»Können Sie sich eigentlich wirklich nicht mehr an die Frau erinnern?«, fragte Tim.

»Keinen Schimmer«, erwiderte Snyder, als auch schon das Shuttle eintraf. »Ihr wisst doch: Hinter mir ist immer jemand her. Verliebte Frauen oder feindliche Agenten, wobei ich Letztere vorziehe. Da weiß man wenigstens, woran man ist.«

Die Kuppel sprang auf, und Hoka Hay schob die Jungs zur Seite.

Thomas hat gefähr-
chen Elektroschrott
n seinem Magen. Der
muss schnell raus.
Hast du Snyder eigentlich die ganze Zeit mit dir herumgeschleppt? Er kann ja immer noch nicht richtig laufen.
Wo immer es nötig war! Ich bin stolz auf die Kleine.
Ist das echt wahr?
Ich konnte Paps ja nicht im Stich lassen. Wenn wir in der Zentrale sind, schicken wir euch das Shuttle zurück. Macht's gut, und bis bald mal wieder!
ZISCH
Oh nein! Hoka Hay ist Snyders Tochter!

Bob und Tim saßen im Wohnzimmer von Tims Eltern, weil da der größte Fernseher stand. Der Raum sah schon wieder halbwegs bewohnbar aus, nachdem Tims Eltern ihn hatten renovieren lassen. Das war nach der Party der beiden Finnen, die sie während ihres Einsatzes vertreten hatten, auch bitter nötig gewesen. Eigentlich hatte Tim deswegen noch zwei Wochen lang Fernsehverbot, doch da seine Eltern so gut wie nie zu Hause waren, kontrollierte das niemand. Die Jungs hatten eine große Tüte Chips zwischen sich stehen und schauten sich das Endspiel an. Es war ein müder Kick, aber das war bei einer Partie zwischen Island und der Schweiz auch nicht anders zu erwarten gewesen. Immerhin hoben sich die weißen Trikots der Isländer und die roten Hemden der Schweizer gut von dem schwarzen Rasen des Pekinger Olympiastadions ab, der sich von der überhitzten Rasenheizung noch nicht erholt hatte. Zur Halbzeit stand es immer noch null zu null. Bob wollte aufstehen, um neue Chips zu holen, als Tim ihn plötzlich am Arm festhielt.

»Guck mal da! Thomas und sein Töchterchen!«

Tim hatte recht. Auf dem Bildschirm waren Snyder und das Ninja-Mädchen zu sehen. Der Top-Agent saß in einem nagelneuen Rollstuhl, und Hoka Hay trug ein kurzes Kleid, in dem sie einfach umwerfend aussah. Irgendein hoher Politiker heftete beiden gerade einen dicken Orden an die Brust, und die Menschen im Stadion erhoben sich, um ihnen zu applaudieren. Dann wurden Snyder und seine Tochter auch schon von Reportern umringt. Snyder sprach kein Wort, dafür redete Hoka Hay umso mehr. Sie erzählte ausführlich, wie es ihr und ihrem Vater gelungen war, Madame Hot, die alle im Stadion noch von ihrem Auftritt auf der Videoleinwand in unguter Erinnerung hatten, zur Strecke zu bringen und mit dem grünen Serum die Vulkane wieder zu beruhigen. Immerhin das war nicht gelogen. Baron von Funeral erwähnte sie mit keinem Wort, die Jungs aber auch nicht. Dafür zwinkerte sie mehr als einmal in die Kamera, und Bob und Tim waren sich beide ziemlich sicher, dass das Zwinkern ihnen galt.

» 💣🌀⚡☠≋#🗡! Sie hat es schon wieder getan«, fluchte Tim.

»Reg dich ab«, besänftigte Bob ihn. »Ich möchte gar nicht so im Mittelpunkt stehen, das wäre mir nur peinlich. Außerdem musst du zugeben, dass sie wirklich phantastisch aussieht.«

»Eine phantastisch aussehende Betrügerin bleibt immer noch eine Betrügerin«, erwiderte Tim immer noch sauer, obwohl er zugeben musste, dass Hoka Hay wirklich phantastisch aussah.

Auf dem Bildschirm gaben die Reporter jetzt eine Gasse frei, weil sich jemand mit einer Eisbombe näherte. Auf der gefrorenen Eiscreme versprühte ein kleines Feuerwerk einen bunten Funkenregen.

»Das ist doch Otto!«, rief Bob und zeigte auf den Mann mit der Kochmütze, der die Eisbombe in seinen Händen trug.

»Da steckt bestimmt der Baron dahinter«, bemerkte Bob. »Wetten?«

»Bingo Flamingo, die Wette hast du schon gewonnen«, erwiderte Tim. »Gut, dass wir nicht da waren.«

»Wieso? Ich mag Eis.«

»Ich auch, aber nicht auf meinen Klamotten.«

»Meinst du, sie holen uns ein drittes Mal?«

»Ein drittes, ein viertes und bestimmt auch ein fünftes Mal. Die werden wir nie wieder los.«

»Das will ich doch stark hoffen.«

»Ich auch, und jetzt halt endlich die Klappe, das Spiel geht weiter.«

Nachtrag: *Island besiegte die Schweiz an diesem Abend mit fünf zu vier im Elfmeterschießen und holte sich damit – dank Madame Hot und Baron von Funeral – den ersten und wahrscheinlich auch letzten WM-Titel der Inselgeschichte.*